U0525604

我命中的枣红马

远心 著

作家出版社

此书为2020年中国作家协会重点作品扶持项目

目录

自序 .1

第一辑 如此雄伟的盛年

我命中的枣红马 .3
啸鸣 .5
草原深处 .6
天马飞翔 .7
银色的嘶鸣 .9
受惊的小黄马 .11
如此雄伟的盛年 .12
春风和煦的夜晚 .13
厩中 .15
窗上 .17
高原的阳光 .18
抱着第三只眼睡去 .19
跑出围栏 .20

小情歌　.21
出征　.22
透骨乌龙驹　.23
我现在就想骑会儿马　.26
我梦见无边无际的草原　.31

第二辑　等待蒙古马群

金戈尔牧场之光　.39
穿顶的风　.40
我比马群还安静　.42
自由的牧马人　.43
宝木巴乐土　.44
娜仁的蒙古包　.46
赛西的小院儿　.48
吃了蜂蜜的蝴蝶　.50
雨的味道　.51
青色鹰　.52
棕黄色河滩　.54
野马不经过任何人门前　.56
祖先的河滩地　.58
它有话要说　.59
乌珠赖，乌珠赖　.60
银河系的私语　.62
云端的克什克腾　.63
马群回来了吗　.68

等待蒙古马群 .69

第三辑　这就是我的土地

低处的箴言 .75
这就是我的土地 .76
泪水洒落薄雪晕染的草原 .77
伊敏河在等待 .79
夕阳之箭射向女娲 .80
零度樟子松 .82
最后一条黄昏的河流 .83
莫尔道嘎森林 .84
雅鲁河漂流 .86
安静的豹子 .88
遥远的达赉诺尔 .89
野马鬣鬃 .90
花斑牛和黑背牛 .92
巴尔虎女人 .94
乌吉斯古楞 .95
穿越大兴安岭 .96
沉沦于荒野 .98
大地伴随最后的霞光入眠 .100
风大得要吹起地皮 .101
冬草醒来 .102
一匹矫健的阿巴嘎黑马 .103
科尔沁小黑马 .105

孤独的黑山头 .107

劲风吹过哈撒儿古城 .109

第四辑　赶着白云的走马

赶着白云的走马 .117

马奶酒里的草原之夜 .118

草原部落 .120

草原雨 .122

九月雪 .124

一切从爱开始 .126

乌素图：有水的山间 .131

到远处去唱歌 .133

火之舞 .134

乌兰木伦湖的眼睛 .135

虎噬羊纹 .137

登白塔 .139

被风吹亮的星空 .141

云端的北杭盖 .142

剪影里的风 .143

一只阿尔巴斯山羊 .145

山丘那边 .146

记忆峡谷 .148

一匹白马的模子 .149

随你归去 .159

第五辑　马头琴的嘶鸣

金泉　.165
带不走的花斑马　.167
宇宙之上　.169
红格尔珠拉　.171
神骏　.173
遥远的敖特尔　.174
弯弓在弦　.176
阿尔泰山　.178
乌云姑娘的长调　.179
慢草原　.181
菊花醉　.183
裸露纯粹的神圣　.185
废墟上的庄园　.186
长鬃掠过风蚀岩画　.188
一只白鹿的骨架　.193
你双眼的星光　.195

第六辑　寓言像一匹野马

赶霜降　.199
背光的雪山　.201
人面双鱼彩陶　.202
无人仰望的天空　.204
暮色·背影　.205

"原本山川，极命草木" .207

空心蛇 .208

拒马河上 .210

我和骆驼 .212

马蹄停驻之处 .214

风中的云鸟 .216

我知道你们都将回来 .218

漂泊在壮美的草原 .219

生命史册 .220

神马·红云 .222

我是我的船舱 .224

飞马 .225

大黑河 .228

野马是命运的疆域 .235

后记：女人和她的马 .238

自 序

草原上的一匹野马，或是一群，犹如从天庭下到凡间的天马。

野马在北冥在南海，在童话在神话，在大地在尘埃。

在内蒙古高原生活的二十七年时光里，我所获得的爱与生之力，与草原，与自由的骏马有关。它是心灵和梦的远方，是自由意志、独立精神的诗意云端。

马始终陪伴着我，从无形到有形。从精神的太空到肉体的修行，从茫茫草原到昏昏戈壁，从古道天涯到巍巍青城。在古老的绥远城的城墙下，我时常侧耳倾听——阿兰扎尔神驹的嘶鸣，那是蒙古史诗里英雄江格尔的伙伴。

那是我心中的神驹。无论人间是冰雪、细雨、微风、沙暴，马从未远离我。隔着梦，隔着花开，隔着大漠，我的阿兰扎尔神驹，从未放弃我。

闪亮的银缰挂在镶银的鞍鞯上。马从未跑出我的视野。它是大自然的神性，是理想与想象力的结晶。它是我眼中的光，梦中的箭。它是生机勃勃的，是厚积薄发的。

它盘旋飞过我，如同雄鹰；它桀骜地拉长我，如同长调。它低低地怒吼。它好像是命运之箭，正中我的心脏，带着我的血在天地之间昂首飞奔。而我由此获得驰骋之力！

在现代城市和荒野之间，我和我的阿兰扎尔神驹，走向荒原，是为了更加广茂，走向内心的沃土，是为了扎根大地！赤子之心，愈加醇厚。

我走过内蒙古的锡林郭勒草原、乌兰察布草原、克什克腾草原、科尔沁草原、呼伦贝尔草原、鄂尔多斯草原，也走过青藏高原的冰川、草原、雪山，河西走廊的绿洲和戈壁，无论走到哪里，都有狂野自由的马，触动心弦。

这一百多首诗记录了我行走的步履。一首诗的背后，站立着什么。是马也是风，马奔跑扬起风，风飞行唤醒马。或许骏马就是高原风，高原风就是骏马。我是风中的马，也是马奔腾掠过的风。

诗，是风马相及。

此为序。

2021年5月29日，于呼和浩特草原部落

第一辑
如此雄伟的盛年

我已悄悄地走过很多四季
为了走进你马蹄到达之地
日复一日,置备粮草和精气

我命中的枣红马

我一直在这里等你,我命中的枣红马
曾经的黑被你眼底的风情镀亮
早霞和夕阳烧融你金色双翅
爱和毁灭把鲜血融进你的色泽
你的鬃颈和眼底的雄光

任何嘶鸣都不能牵绊你
我只有歌唱,拉响马头琴的两根弦
一根绝望,一根遥望
我是无以逃遁的地母
遇见你赠予你刺伤你喂养你
却不能和你一起飞翔踏遍未知的大地

还未发生的,如何预警
你奋蹄疾驰,让尘土飞成光轮
你忽视一切存在一切遮蔽一切细微的生命
你把自己置于屠戮与厮杀的现场
脸上露出宁静的笑靥,抿紧双唇

我爱你抿着嘴唇的样子

青髭略浮在唇上，唇线微微翘起
你初涉世的样子，在母亲的视线里
母亲怎样娇纵了你的青春
让那奔驰之力延续到无物的荒野
与天宇间雷光星云的奥秘对垒

我放开了手中的缰绳
一匹野马的魂灵注定与无边的野草共生
而我不是野草，不是草原
我是一座不会移动的山丘
站在你出发的地方

我已悄悄地走过很多四季
为了走进你马蹄到达之地
日复一日，置备粮草和精气

  2018.1.2 于北京现代文学馆鲁迅文学院

啸　鸣

窗外的鸟叫再多一点
再多一点早晨来得再早一点
光在窗框上打得再白一点
再白一点白到发金
爱退却之后距离再远一点
再远一点不产生嫌恶不要仇恨自己
街道上再多走几圈
多走几圈灯光照亮好多后窗
上楼的脚步再轻一点风再凉一点
雨水带走了露珠混合的那些点
黑马甩着一身的阳光甩得再快一点
再快一点蜻蜓飞起来了
在没有云的蓝天里系一个结
再白一点再白一点直到发金
发金叫醒那群马发出马群的啸鸣

2017.8.28 于呼和浩特草原部落

草原深处

站在草原深处
我能复活谁？哺育谁？
谁能征服我？温暖我？

冬至过后，寒气蛰伏
入骨，母亲的怀抱遮掩
泪流成冰
大黑河凝固，一面铜镜
映照大雪纷飞

在哪里止息
呼出零下二十度的寒
遇到空中无数洁白的晶体

干草在子夜化作木箭
射向冷寂，星星颤抖
爱情、母亲、浩荡的天空
流过万马奔腾的大地

2016.12.28 于呼和浩特

天马飞翔

塞外蓝天上飘逸的白云
母亲手中的棉花桃
旋转在纺车上宛若鱼龙
游弋童年长长的风筝线

从脚下开始飞翔
摇动命运万里征途
飞过灯塔,飞进苍穹

我长小,你长大
虚实相生的豆蔻年华
腾入高空化作倜傥天马

太一生水,天马西来
空中云雨交融
大地翻滚战栗

我朗朗地笑着追逐
梦中神马昂首
骨力追风,毛色斑斓

在浩然清气里欢舞

携我西度青海
啜饮天马的红泪
在雪域之巅
吹响曙光里的青春牧笛

2014.11.24 于青城丁香苑

银色的嘶鸣

我碰到黑马的嘴唇
在九眼桥边,黑色嘴唇微张
比黑色眼睛更柔软
比抚摸的指尖更坚定
我摸到一声银色的嘶鸣

我缩起脖领
在骤然而起的锦江的风中

一盏铜灯,像生锈的马镫
或许真到了扬鞭的时刻
马鞭对着空荡荡的道路
饱满的天空,以及湍急的河水
巨龙一样腾跃冲撞堤坝

我的堤坝被你黑色的眼睛顶撞
一团白雾在水花里飞溅
我随你内部的激流向东,向前
向无限的黑海之远
我仰卧着黑水的奔腾

手中的缰绳,早已交还你
——我的黑马

你微张的唇边
我摸到一声银色的嘶鸣
闪电一样卷上南天

　　　　　　2018.11.8 于成都四川大学

受惊的小黄马

草地上一片飞尘
小黄马嘶鸣着跑过去
枣红母马等候在前方
远处的教堂晨钟敲响

小黄马猛往母马肚皮下钻
母马转着身子踢起一圈尘土
把小马围在圆圈里

四五匹高大威猛的成年马跑来
马场上一片沸沸扬扬
混血宝马高昂头颅
围在受惊的小黄马四周
筑起一座坚固的城

教堂后的乌云透出一线朝霞
我搂着女儿站在霞光下
一群野鸽掠过马头
飞向教堂尖顶的十字架

2013.6.2 于青城丁香苑

如此雄伟的盛年

一匹威风矫健的红马
成熟，警觉
看细柳芽钻出树枝
我在，一定是在，等待什么
那特定的一天
确切，像杨树尖上第一朵杨花
被倒春寒的大雪覆盖
隐痛，无力，身体的潮汐
安眠之后舒展的立体皱纹
日迟迟，暗藏那么久，冬天的囚徒
春天释放，红马的眼睛红了，秘密发生
草地上像流星陨落叶
聚集的火如红马的毛色
如此坚厚，如此雄伟的盛年
拗折而后放开
铺上大黑河河面

2019.3.21 于呼和浩特草原部落

春风和煦的夜晚

春风和煦的夜晚,流浪的双手彼此轻拍
"好一匹烈性的小红马"
除了我,还有谁认识你
你头顶的晨雾清洗夜晚的幽静
你四蹄的倔强亲吻带露的草叶
你这样烈性地奔跑
从不知懊悔为何物
永远活在 17 岁到 19 岁
你是天才诗人的一生
经过我命运的一颗彗星
放开天空,曾经
短暂的大地上的微光
流浪在荒芜到初春的草原
倒春寒的霜雪不足以威吓你
反复无常,你是最热烈
最决绝的力,如此绚烂
燃烧青春的梦
姜黄的柳条,比春天先窈窕了
不死的誓言,比秋叶先腐烂了
烈性的红马,把荒野抛在身后

气和血在高处轻盈
傲然立在山丘，任山顶的风
拉长日月，拉长小红马的身影
一闪而过的春风的温柔

2019.3.24 于呼和浩特草原部落

厩 中

这几乎没有可能
让一匹野马入厩,厩中

将养健壮的骨骼和马膘
双眼时而沉静时而奔腾
马蹄辗转,轮换叩问地面
当月圆时,仰天长嘶
一匹骏马的脖颈拉长
返回更古老的物种
孤独的白骆驼、戈壁、沙漠、水、白骨
一路上的经历慢慢浮现
眼底混浊,若有所思的头颅
装着龙的记忆。骆驼在时间赛道上奔驰
伸长脖颈,成为它自己
飞行的古船,在沙海
所有的字都是沙粒,骆驼踏沙飞行
沙粒裹挟沿途的风
沙粒追赶着骑手
所有的词都是飞行的沙
被骑手的马鞭狠狠敲打

在真正的骑手面前，写手垂手而立

像一匹野马入厩，厩中
那几乎没有可能

  2020.6.14 于金陵栖霞阆云轩

窗　上

窗上突然多了一幅画：
高原，阳光晃眼
几寸高的绿草闪着油光
一匹枣红马摇着尾巴
低头吃草

肯德基的玻璃窗外
来往是都市的汽车和行人
我定睛细看，再看
依然看见草原：
漫坡，向上，几道山棱

有人坐到窗前
我还是看到她背后的草原：

草长得不高
干净的绿
一匹马吃草
摇着尾巴，走来走去

2013.2.7 于青城桥上楼

高原的阳光

从零开始,重新直立,行走
我躲避着高原的阳光,车流
像一匹陌生的闯入城市的马

给我写首诗吧,你小声地,像哀求
像献媚,像求爱,像情话
最初的那个白衣少年

一匹马离开草原,在狭小的马厩里
数着日月和远方
站着睡觉,不吟诗,不食夜草

把那些草喂给诗歌
让诗像马一样,直立在高原的阳光下
不躲避,不畏惧,不犹豫

回到星星和风的秋天的草场

2018.9.10 于呼和浩特草原部落

抱着第三只眼睡去

如今，我看不见你，在风雪里
驾驶越野车到半白半黑的草地
最后一匹马，带着霜

是不是在等你，灵魂的歌者
而你只是缄默
用线条编织马鬃
长长地，回眸甩下

我也在等待，岁月深处的姐妹
扩大或者缩小之后，尺寸相合
不同的前身后背，拥抱唯一
指纹交错纤细

停顿在你永远不会转角之所
我把自己变成平面，折叠
牵一匹马，挤进两堵墙的交界
抱着第三只眼睡去

2015.12.4 写于呼和浩特草原部落

跑出围栏

"想你了",不小心说出声
有点空,谁说空着才有诗意
才能装下月光、长调、午夜的霜
一袋竹盐的白

两个平行频道,互不倾听
跑出围栏的小青马
为了驰骋想象的草原
把身体的马厩腾空

2016.6.18 于呼和浩特草原部落

小情歌

穿过朝阳飞奔的海青马
你要去何方,金光萦绕你的项圈
像我对你的幻想和依恋

我因此静静地,静静地低下身来
侧卧在你踏过的大地上
倾听每一棵深冬的荒草冬眠的呼吸

我和冬天一起睡去
无数被你的四蹄捣碎的露珠

落进我的灰白梦境

2016.12.3 于呼和浩特草原部落

出　征

从一阵杂沓里醒来
抓住狐狸的白尾
贴在脸上
没有曙光的清晨
雪花嘶鸣着落在肩上
手中的缰绳
粗糙地一顿
白马狂奔

雪花般的声音追赶我
狼一样的目光
额头燃烧着三个太阳
穿着雪白长袍
满脸凝肃
我顿下脚步
马打了一声响鼻
悠悠的热气
从头顶溢出

2012.12.14 于青城桥上楼

透骨乌龙驹

晨光里,黑马望月而立。
朝阳初升,
高高的山梁上,秋草呈金,
在侧光里,黑马的骨线根根如剑
——透骨乌龙驹。
它没有主人,承天踏地而来,
它双目如电,
看到山川上下的来往生灵,
一座渡桥接通尘世。
它踏水而渡,
机警的黑色长鬃,没有一根杂色,
这是永远的秋天,揣着冬的荒寒。

它在寻找过去的马群,
那些喧动草原的嘶鸣,
从山中归来,那里常年积雪不化,
矗立着高原的圣洁。
它告别了青春的伴侣,
开启新的历程。
所到之处,唯有傲骨。

牧马人在黄昏看见它,
唱起长调《黑骏马》:
"最孤单的神马,最傲慢的乌龙驹
你将奔跑到哪里
你的故乡可在阿尔泰圣地!"
歌声里有三千年的光阴,
打开草原寂寥的往昔。
一匹战马的魂魄,
透骨乌龙驹的先祖,
穿越草地和牧场的四季。

牧马人的爱人有时遇见它,
挥舞手中的蓝哈达,
高亮的女声直上云霄。
黑马额头上的第三只眼,此时睁开,
与声如裂帛的长调相恋。
黑马的山岗,在河那边,
它孤独的嘶鸣,如呼哨扫过青草,
每一棵草叶都轻轻颤抖。

牧马人只看见它的出发和归来,
从未见过它驰骋雪山的征程?
山与山之间,秋天与冬天
风雨雷电,昼夜锤炼。

它不借助语言显示于世界，傲然奔去，
只留下一个影子，风一样的心魄。

它有时超越山岗、高原、牧场、城市，
如雕刻的玉马来到我手心，
我抚摸它墨玉的包浆，
像抚摸爱人脸颊的冰凉。
月光下温润，
浅唱低吟，释放热量，
沸腾紫霞湖，
鼓舞长江上负重前行的货轮。
我抚摸它，
把热量吸入肺腑。

这是永远的秋天，
在侧光里，
一匹透骨乌龙驹，
骨线根根如剑。

2021.1.4 于金陵栖霞阔云轩

我现在就想骑会儿马

乌兰哈达火山——年轻的活火山
五岁半的朵朵一边爬台阶,一边对着铁护栏
对着身后的妈妈
清晰而呢喃地说:
——可是我现在就想骑会儿马

她突然坐在地上,小小的身体对着后面
脱下鞋来,小手伸进去摸索鞋里的石头子儿
把石头扔出去,小脚丫伸进鞋里
——可是我现在就想骑会儿马

在太古宙乌拉山岩群和新近纪汉诺坝玄武岩之上
一亿万年前火山喷发形成火山群
六千万年前最后一次喷发
捡块石头回家种花草长苔藓吧
朵朵蹲在山顶上面对山坳深处的火山喷发口
咱们下去看看吧
我是爱冒险的朵拉
——可是我现在就想骑会儿马

骑着黑马的牧马人飞奔过来
琪琪、草原、朵朵、妈妈们全都跑过去
追赶在黑马身后像追赶太阳的云彩
朵朵被迷彩服叔叔一把搂起来放在马背上
马蹄声嘚嘚地飞起来
绿条纹防晒衣在黑马上像一只蜻蜓
朵朵被放下来了
——可是我现在就想骑会儿马

琪琪和草原坐上了骆驼背
骆驼跪在地上的前腿，起身又迅速跪下去
穿着蓝马甲的牧驼人挥鞭子打在骆驼屁股上
骆驼张开大嘴啊喔一声长叫
口水溅出来了，朵朵蜷缩在妈妈怀里
——可是我现在就想骑会儿马

转眼之间，两个牧马人打成一团
一个迅速把另一个踩在脚下
猛烈地踢，抱着头，踢后背，踢肩膀、前胸
妈妈捂住了朵朵的眼睛
妈妈瘦削的小脸像秋草一样枯黄
他们为什么要打架，为什么
——可是我现在就想骑会儿马

小枣红马不安地跳起来嘶叫
马群和骆驼吓得一抖
牧马人被另一个牧马人踏在脚下
马儿惊愕地跑得老远
它的后蹄不停地蹬，蹬向背后的虚无敌人
——可是我现在就想骑会儿马

汽车飞驰在乌兰哈达火山群
哪一座火山是最经典的
草原远处高出地表的椭圆形切面
夕阳垂下来垂在每一棵夏天的草上
远远地，火山喷发后的宁静像一颗卵石
正在怀念无边无际的水
——可是我现在就想骑会儿马

你头上的小辫儿是谁编的
你说一个脑筋急转弯
狼为什么爱吃肉
因为它不爱吃草
羊为什么不爱吃肉
因为它爱吃草
——可是我现在就想骑会儿马

妈妈我要买一匹马

你给我买一匹马，我是蒙古族女孩
我要有一匹马
朵拉安，这些马没有卖的，是别人家的
那他们从哪里买的
总会有人卖马吧
朵拉安，那买回马来咱们就得去牧场生活了
我和爸爸都得辞职，去给你放马
妈妈，"辞"是什么意思
——可是我现在就想骑会儿马

你看那个大象的腿，像真大象那么大
大象的脑袋，嘴巴都张开了，还有眼睛
妈妈，什么是卧佛山
我看见了卧佛山，卧佛山是一个人吗
——可是我现在就想骑会儿马

火山还会喷发吗
它为什么是活火山
为什么现在一动不动
妈妈我就想跟你聊天，你陪我聊会儿天
我好害怕，火山喷发了怎么办
火山是一条龙吗
龙会不会从天上掉到地上来
——可是我现在就想骑会儿马

那片云是不是一匹马
在那边,那边,长着四个马蹄
马头还高高地抬起来,马背上坐着一个叔叔
就是一匹马,黑色的马
火山爆发了怎么办
我们飞起来吗
我们骑着马飞起来吗
躲到天上去
火山爆发我们会死吗
——我现在就想骑会儿马

我现在就想骑会儿马
我是蒙古族女孩
我要有一匹马

      2017.8.15 于呼和浩特内蒙古大学

我梦见无边无际的草原
——咏王昭君

这是谁的塞北,谁的家园
千秋万代后
谁在金河边低回流连

1

那晚的月光浑圆
如昭君桃李之年

我梦见无边无际的草原
一枚灯芯摇曳幽室

那一刻,我接到神示
远行,在明月下启程

2

我本夏桀之苗裔
塞北称雄马背上的青春

近百年草原上狼烟弥漫，生灵涂炭
我——呼韩邪单于，祈求苍天
让和平降临辽阔的大地
胡汉结束百年的纷战

今夜，海子里的水比不上宁胡阏氏的双眼
你清澈的目光
包含着天穹的慈悲，山峦的康健

我那饱经忧患的部众和同胞啊
请为这天赐的和亲祈愿
美丽丰容的昭君，将和平亲爱带给草原

3

  风吹痛了脸庞
  车辙碾轧幼草

让天边的雄鹰望一望我的魂魄吧
一边是香溪的柔波
一边是黑河的巨浪

琵琶揉弦弹碎了七彩繁花
大汉宫庭里的悲怨至此放下

阴山之北,宽阔如海的山峦啊
要用怎样的胸怀跨越

呼韩邪单于的骏马把天穹撑高
我听见胡笳声声
谁在阴山内外,唱女巫的哀歌

4

  呼韩邪单于归天,昭君请求归汉
  汉成帝敕令:从胡俗

宁胡阏氏,我天赐的新娘
牵你的手踏上高高的大帐
为你披上崭新的红妆

请接受这再婚的奶酒吧
我将尊你如母,爱你如神
你是广阔无边的大河
为草原生息繁衍普降甘霖

你初到草原如一朵娇美的萨日朗
而今已在雄健的马背上驰骋四方
王庭的威严因你更增恩慈

为你擦下珍珠般的泪,我的新娘
你默默哀怨使我心伤
醉在你的怀抱,就像醉在天高地阔的草原
你少女般的柔情,是否可以从此依偎

5

一只永无归期的鸿雁
永远栖居这片草原

在这金色王庭,新单于握住我的双手
生死大隔的伤痛还未消散
你的怀抱带来初阳般的温暖

此身若比一棵细草,是否也应得到露珠的甘甜
此生若是一条长江,可有汹涌壮阔的波澜

我愿与君同醉,为塞外山河祈求平安
我愿与百姓同在,让洁白的羊群蔓延天边

6

牧民远远迎望,天边一抹娇红
奔驰在梦境里的草原

穿越生死交织的古战场
黍米在铁锅里炒出奶香
我俯身下马
接住一只新降生的待哺的羔羊

帐外风啸苍穹，胡儿打马过草原
我长久地望着远方

唱起香溪的楚歌
拨响琵琶的老弦
胡乐的风霜夹杂指尖

我在梦里巡游，那无边无际的草原
苍鹰翱翔北胡天

2016.6.24 于呼和浩特草原部落

第二辑
等待蒙古马群

蒙古人驯服上天赐予的神骥
奔流的河水才能泅渡流浪的灵魂

金戈尔牧场之光

后半夜,蒙古包后窗上
吹进金戈尔牧场的风
带着小雨,还有
270多种草木的清香
抬头望
那颗土星还亮着
雨小,雷声暗动
不足以敲打蒙古包顶
夜卧的小狍子的气息
从风里送进来
我轻轻拍手,拍手
小羊一样的马鹿
蹑手蹑脚走向窗边
我唱起蒙古长调
马鹿听了一会儿,忽而
转身奔跑
向白色蒙古包上第一缕晨光

2020.8.8 于克什克腾金戈尔牧场

穹顶的风

眼睛蒙上轻纱，大梦醒来
一生的恶，抵挡不了蒙古包穹顶透进的风

风从桑树吹来
花从河岸开到窗前
仇恨已在怀中融化
燕山余脉的山岭，一座连着一座
昨夜野马群回到西拉木伦河
头马率领着，黎明上山
穹顶打开，乌尼杆上的木雕
与天上流云一呼一应
彩绘像伸出芯子的长蛇
舔舐穹顶的风，别怕
这也是野生动物的牧场
它从木篱笆下爬到河边喝水
小向日葵花，白色太阳花
从三面窗挤进毡房

把恨与爱编织成花环
献给西拉木伦河神

梦中越残忍，现实越美丽
就像散碎的星空
滔滔的大河和雨阵

2020.8.9 于克什克腾金戈尔牧场

我比马群还安静

等待马群的正午
一百只蜜蜂守着蜂蜜
渐渐迟缓的神经，收回到一碗一筷
细嚼慢咽，像公牛卧在草滩上反刍
对面山梁，太阳凝视众生
我躲在圆形毡房
把每一勺饭食当成珍贵的草料
风干肉、黑鱼子酱、蒙古沙葱包子
玉米粒炒饭、炖土豆、德国凯撒啤酒
白云挤进窗来，纱帘浮动
我比马群还安静
一碟油炸花生米拌白糖
一盘种了七八天的小嫩萝卜菜
一杯刚采来的桑叶茶

2020.8.12 于克什克腾金戈尔牧场

自由的牧马人

围着牧场走一圈，伸手
把松弛的铁丝网挂上铁钩
和牧羊人唠唠大日头、奶食
躺在水柳荫下乘凉的牧马人说
明年我得骑马放牧了，脚疼
家里那匹老了又养了三年的白骟马
送上汽车又哭着非要卸下来
"白（别）卖了，白（别）卖了"
每一匹马都是自家人
我们汉族几代人住在这儿
早跟着蒙古人学会放牧了
我那天一见就知道你是写作的
我30岁以前也净看书
现在放牧
更自由

2020.8.12 于克什克腾金戈尔牧场

宝木巴乐土

圣主江格尔的宝木巴地方
是史诗里的人间天堂
那里的人们永远 25 岁
在金戈尔牧场地方
巴图已被种药草的乡邻称为长辈
叫一声巴爷
胡子挂上 52 岁的白霜
巴爷的牧场土地松软
庚子年的草木见雨就长
齐腰深,紧挨着西拉木伦河
它不是江格尔饮用的清冽的奎屯河水
它是一条黄色的祖母河
携带科尔沁泥沙滚滚而下
暗流激荡不息守护金戈尔牧场
霞光里巴爷伸开双臂,高抬腿过草地
像展翅的大雁,贴地捕猎
如果你没有到过金戈尔牧场
便不知道蒙古舞的舞步
为何抬到空中,又旋转落下

那是牧人过草地的脚步

雄鹰翱翔天空

一个蒙古人种植理想的乐土

2020.8.9 于克什克腾金戈尔牧场

娜仁的蒙古包

暮色里——"蒙古包像飞落的大雁"
如今我不再认为那只是歌词
蹚过过膝高的羊草
走进牧场小院儿
一个蒙古包的"包"字就是一篇长文
古代篆字。一个变体象形字
"像人曲身而有所裹藏"
"用以表示妇人因怀孕而曲身的样子"
一下戳到人心坎上
原来草原上的蒙古包
不仅仅是圆形如盖的天空的模仿
更是包纳一切孕育新生的母亲的毡房
托雅亲切地称它为"包包"
羊倌赛西一家有常年住的小包
守护着金贵的杜蒙种羊
经过了短暂而丰饶的夏秋
漫长的霜冻冰雪会到来
娜仁的蒙古包里生着炉火
辽阔的牧场上升起炊烟

暮色里，每一个牧人都是孩子
被雪原上的蒙古包轻揽入怀

2020.8.9 于克什克腾金戈尔牧场

赛西的小院儿

霞光褪去了
淡淡的青烟云皱染大幅远山
山梁从四面环抱金戈尔牧场
走进赛西的小院儿
一座简朴的白色毡房
一座现代结构的蒙古包
用废弃的石头围成花圃
黄花恣意开放
蒿草在赛西手中揉捏
赛西的翘尖全皮蒙古靴
穿上去参加搏克比赛
赛西的蓝色蒙古袍
和天边的蓝色云烟同色
牧归的羊群低头吃草
爱唱歌的蟋蟀沉默
咩咩的叫声偶尔响起
草原上的黄昏比孤独还美丽
此时赛西说乌兰布统的冬天
说冬天在牧场上顶着大风
白雪冰封，累得停下来

冬天的克什克腾
"四季互恋的地方
诗与孤独的并存"
一个高大的蒙古汉子
在荒原驻留，十年整治
桑树成材，紫苜蓿花开，杜蒙羊成群
夜色里赛西开着雷沃704伙伴
唱起蒙古民歌《希日哈达》：

黄色岩石上
挂着金色的彩虹
想起哺育我成长的母亲
心里充满惆怅与不安
内心沉淀十年守护的艰难
12岁雷沃704褪色的皮肤
打草机搂草机捆草机展开的臂膀
在蒙古包沉默的毡帐
赛西的笑声朗朗和刀刻般的诗句
"在残忍的美丽间"
直到南边燕山顶上那颗最亮的星
又升起，西拉木伦河的水声
抵达牧场边缘，立秋的月亮在燕山顶
照见——赛西一个人的小院儿

2020.8.10 于克什克腾金戈尔牧场

吃了蜂蜜的蝴蝶

有人小小声敲门,小小声
说:再多住一天行不行呢
哦,行啊,让您受累了
没事,累也开心
像一个吃了蜂蜜的蝴蝶
轻轻飞扬着走了
有谁能阻挡爱情的味道
小菜地黄瓜多水
桑树上熟透了的椹果甘甜
冰草吸了雨水升腾到鼻尖清香
红柳林里的鹌鹑一双一对地飞
蒙古包上的喜鹊双双说着情话
克什克腾群山收留浪子
一匹骄傲的白马回到金戈尔牧场
倾听着西拉木伦河水声
在草地上背光徜徉
有人小小声敲门,小小声

2020.8.13 于克什克腾金戈尔牧场

雨的味道

赛西的越野车披荆斩棘开进一米来高的草地
这是十年来金戈尔牧场最早整理出的草地
草秆呐喊着脆生生地入秋了快要收割了
雨点打在防护林杨树叶上
赛西说这儿每一棵树我都过过手
就爱听这雨声,下雨了草场多高兴
我平时心情不好就来跟它们待一会儿
雨落在蒿草上柠条上黄沙柳上
雨的味道就是草的味道桑树的味道
草场过去后是大片的桑树园
下雨了咱们在车里听听雨声
众草的呼吸如交响
雨点敲击着赛西的心鼓
赛西的深蓝色蒙古袍流淌着雨花
赛西凝视窗外,坚毅的侧脸
沉淀长长的守护和等待

2020.8.15 于克什克腾金戈尔牧场

青色鹰

青灰渐变粗条纹如河岸一样平铺展开
斜立在山下的巨大冲积岩
向上,层层累积

我侧卧在河道里
看山顶的蓝天
棉絮般轻飘的云

远古的造山运动冲刷我
涩而温热的气流
从山顶直扑地面

在那西山顶上
歌声撞击山顶的巨石
铿锵作响

回声里,飞出一对大鸟
扇动翅膀
一只紧跟着另一只
向下斜刺,向上冲天

翅膀不动了，还在飞
千丈高的山顶上
沟底，我抬头仰望
是鹰，张开翅膀翱翔

这是它的地盘
站在深山入口对面的山顶上
目光朝外
亿万年来一直在守望

当我张开双臂
两只鹰俯冲而下
裹挟我
到山顶图腾石上

那被雨水冲刷出红花的脸
和青色鹰遥遥相望

2013.7.6 于克什克腾牧场

棕黄色河滩

阳光直射
我体内金属泛红
蓝天看着
白云照着
黄色洪流过去

当你滚滚流动
我静静托起你
需要什么言语吗
难道仅仅因为爱你

一群布谷鸟常来
在波浪状的滩泥里踩上小爪印
小马不敢过河
在河滩上徘徊
马蹄银碗般倒扣在湿地上

我并不一直停在这里
你常常裹挟我
无论我苍老或者衰败

你带走我从不止息

金属是一种内在的光泽
河底泥沙柔软
云影铺在我脸上
又一个黎明
我埋进你腹中
又一次出生

2013.7.17 回望西拉木伦河，
写于山东临沂陶然居

野马不经过任何人门前

云层如大军压境
西南天的黑云向下倾泻水幕
贴着金戈尔牧场边缘
仿佛一场抗拒无果的命运
傍晚的西拉木伦河水暴涨
河水里奔腾着深棕色野马群
那是雷霆过后咆哮的疯马
谁也套不住一匹疯马
野马不经过任何人门前
野马是隐匿在河道深处的命运
野马疯了，成为河滩的梦魇
牧人的牧鞭敲碎白石
羊群和牛群迅速撤离
而我索性躺在草滩上
任棕色野马河漫过我的身体
野马的血肉被河水掏空
骸骨属于我，水面的张狂属于我
跨过西南的雨水和东南的彩虹
从命运深处起飞
你曾见证我的血肉

如今，可还能认出我的骸骨

骨骸由白而灰

风从西北呼啸而出

裹挟着漫天黑云卷起骸骨入水

入夜的西拉木伦

两岸水柳酡红

一场深醉

2020.8.10 于克什克腾金戈尔牧场

祖先的河滩地

那匹从阿尔泰山飞驰而来的神马
眼里飘雪,落在克什克腾西拉木伦河北岸
一片老榆树林和绿草地的伊甸园
青春的叫喊在这里飘荡
如今静悄悄,梳理自己的长鬃发
冰草翠绿抚摸马蹄
冬天西拉木伦河水涨到榆树下
冲刷根部泥沙,日夜风雪中搏战
根部的较量、决斗后
夏天裸露为盘根
流云缠绕着奇崛的树根
踏上这片草地
祖先的河滩地,傲慢的古战场
河流的魂魄显象为榆树老桩
我们绕进去,绕出来,把爱情
穿插在时光的根系里,就像
北部的冰川山形
被雷电劈开后,铸成一座孤独的剑林
直面苍穹,守护西拉木伦河
北岸的绿色静谧

2020.8.8 于克什克腾西拉木伦河畔

它有话要说

当我对着它轻轻唱：
老哈河水长又长
岸边的骏马拖着缰
它抬起头，回头看
它有话要说

一匹三四岁的儿马
刚成熟的青春
它有话要说
贴着草叶的颤动，回头望

它的眼神，如西拉木伦河水
滚滚流过我

2020.8.8 于克什克腾西拉木伦河畔

乌珠赖,乌珠赖

神犬乌珠赖
蒙古史诗中太阳汗的得力助手
曾陪伴英雄出征历险

赛西雅拉图 24 岁大学毕业
为了给心爱的藏獒起个名字
给 30 个蒙古语作家打电话
最后确定叫太阳汗的得力助手
——乌珠赖
神犬乌珠赖
那是赛西的得力伙伴
藏獒乌珠赖

在克什克腾山岗和高地
十年把五荒地改良涵养成金戈尔牧场
牧草从 120 多种增长到 270 多种
从内蒙古农业大学草原科学专业毕业的赛西
也长成了雄壮的蒙古大汉

唱长调唱到天亮的赛西

穿着白色太阳汗服饰演蒙古话剧的赛西
写下高贵的汉语诗句：
神奇的克什克腾
长生天眷顾的土地
生命绚丽的傲慢
四季互恋的地方
诗与孤独的并存

大汗淋漓种植苜蓿草的赛西
开着收割机在牧场打草的赛西
带着乌珠赖在西拉木伦河撒欢的赛西

乌珠赖，乌珠赖
蒙古包旁叫醒了月亮的乌珠赖
乌珠赖，乌珠赖
带着30个蒙古语作家的祝福
陪伴赛西成为英雄的乌珠赖

乌珠赖，乌珠赖
它是太阳汗的得力助手
它是赛西的得力伙伴
它是蒙古人的通天神犬

2020.8.8 于克什克腾金戈尔牧场

银河系的私语

在山地草原
抬头仰望，北斗七星往东南转了几步
南山上最亮的那颗星是土星
"赛西专用"的万米激光笔恰好抵达它
头顶是白色薄云状的银河亮带
无数颗星星在银河里点缀
越看越多，每一颗都有自己的亮
一颗流星在西北画了一条向下的弧线
一颗在头顶画了一条向上的横弧
一颗在银河里轻轻描了一条短线
还有一颗上下左右位移
又停下来一动不动地亮
据说几千亿颗星星构成星河
几千亿个星河构成星云
西拉木伦河夜晚的滔滔水声向上平移
到了眼前，耳朵里虫声唧唧
好像在模拟星星的私语
一颗星和另一颗星说的话
随着流星画出的条条弧线
收进西拉木伦河的黄色记忆

2020.8.8 于克什克腾金戈尔牧场

云端的克什克腾

1

傍晚的水面突然浩大,把河滩铺满
水中央若有骏马,野马、白马、青马
嘶鸣、踢踏、群奔
我愣怔地面对水漩
像一个失去骏马的骑手
被河水里的群马
呼唤牧归

2

贡格尔草原和荒原相连
浑善达克和科尔沁沙地交会
泥沙俱下,黄色的西拉木伦河
顶着大太阳等待马群
在清凉的夏夜和炙热的白昼
大兴安岭南端山地
燕山余脉七老图山
是马群的野营地

3

我想好好说话,亲爱的
野鹿跑过桑树
金戈尔牧场的冬天有鹿的蹄印
立秋之日,金角鹿会来吗
我要藏在半夜三点半的雨水里
等小鹿的嘴唇轻轻吮吸

4

马的蹄印是前面圆,后面分瓣
牛的蹄印是前面分瓣,后面圆
河滩上的蹄印,是牛群和马群的标识
一直找下去,能走向山巅

5

红柳摇动,高过头
把人藏起来,也把野狍子藏起来
冬天的傻狍子
像我,跳跃,瞪着眼睛看人
傻狍子在牧场奔跑
我们要把偷猎的、下套的、破坏草场的人

挂上黑名单，让草原的黑夜
审判偷猎者的灵魂

6

西拉木伦河水解冻时
黄花月见草破土而出
渐渐长到一米多高
桃金娘目柳叶菜科
蒴果锥状圆柱形
向上变狭，尖顶开过的黄花收缩
月亮伸手可摘，摇动着月见草
——月亮下可遇见的草

7

一个跳蒙古舞的姑娘
是那达慕搏克手眼里的珍珠
蒙古舞姿从肩到臂到手掌，大开大阖
像草原一样辽阔，像骏马一样蓬勃
"马头琴拉响的时候
百灵鸟唱起歌来"
牛群和马群归宿山林
牧人独自守护牧野

在草原上牧养自身

8

风声如鼓,敲打着蒙古包毡顶
我想揭开毡帐,却被风吹跑
跑到云端,消散,成为云马
云马在空中漫步
那是巨大的漫步
以光年的速度

9

我们无法认出彼此
我们为什么要认出彼此

10

牛王来了,一对牛角向下耷拉着
那是顶架顶的
当牛角不再高高翘起
牛王委顺自然,憨憨怒怒地
走过去

11

马群不知道有人在等它们
什么时候回到西拉木伦河
北斗七星的位置夜夜移动
北斗星指向群山之心时
头马就会带着马群归来

12

云拥抱着远山
一种圆形的眩晕
从眼角飞扬到云层
西拉木伦河不解风情
风拖着你的衣襟
向西,向西
流逝到时间里

2020.8.7 于克什克腾金戈尔牧场

马群回来了吗

马群回来了吗?
昨儿夜里回来的,
今天早晨五点多钟就进山了。
马群不归你管?
不归,河水上冻前野放在山里,
归头马管,头马带着去哪儿就去哪儿,
别的马进群它不要,都给踢出去。
现在马回来你能骑吗?
不能,这时候回来就是远远地看,
10月回家以后还得慢慢地再熟悉,
要是二三月小马驹生出来那会儿,
小马老远就跑过来亲人。
这半年它们就是野马了?
是,得等。

2020.8.12 于克什克腾金戈尔牧场

等待蒙古马群

此时,我沉陷在西拉木伦河
滑软温厚的河泥一层一层延展
灰白冰草覆盖
白云从天空到河水,到东西两极

草丛中分散着归来的蒙古马群:
黄骠马、枣红马、黑白花马、黄白花马
公马和母马悉心守护小马
在山里野放半年的蒙古马
走动起来如移动的山丘

黄骠马小跑,马背一片平坦
黑马的鬃发和尾巴,在猎猎秋风里飞扬乖张
这是蒙古高原的神马
蒙古人跨上上天赐予的神骥
奔流的河水才能泅渡流浪者

我站在母马和小马之间
转身,母马哝哝朝小马跑去
它们团聚相携跑回马群

它们扎根在燕山余脉，大兴安岭南端
而我是谁？一个真正的浪子
远离亲人、骨血和北方粗犷的方言
当我重返西拉木伦
在河水的涛声中等待蒙古马群
马群可在等待我？

我命中的枣红马，阅尽大山大河大风暴
它是马群的头马
看见我就像看见陌生人
走过我不放下一星一点的傲慢

我在沉思中放开自身
变成一头立在河水里的黄花母牛
不会移动的山丘，有足够的奶水
迎接暴晒的阳光
就这样度过了青春
把交战遗落在起伏的山岭

骄傲的头马，在渡河的刹那回眸
我的身影拉长
它的眼神被撼动
恋恋不舍地转身进山
疾驰过十八座山岭之后

双耳张开,听到河水深处长调的轰鸣

它似乎懂了那等待,马头回转
向着河水赴约而来
在高过马背的草棵间平缓奔跑
又一次远远地凝视
彼此听见并看见
时值正午
阳光如倒悬的火炬
——这是一生中唯一的午时

秋风把牧草吹得灰白
马群的肤色始终不改,明亮的黄
黑缎子,大片白花,油亮枣红
带着剑形群山的热烈
马群列队过河,水花四射
一条滔滔巨龙,舞动克什克腾

大野深处万物滑翔
那里野性、魔性、道性狂热交融
是世间仅存的爱的道场

植根于大地的爱与罪
在奔驰与思念中塑造余生

马群跨过西拉木伦
冬日漫漫,在荒原深处
终有一天,游子的魂魄
将如四季轮转

春天,新的马群将渡河进山
新的爱情将在河边咏叹
将有另一个我,另一个你
带着命运的迷惘等待蒙古马群

与奔腾的西拉木伦河水
同样的姿态

2020.8.16 初稿写于呼和浩特草原部落
2021.5.6 定稿于南京栖霞阆云轩

第三辑
这就是我的土地

今夜,我枕草而眠,我的王苏醒
这厚厚的草甸,是大地制造的婚床
长风如烈马,奔腾在雪白的月光下

低处的箴言

是这样无言啊，僧僧宝力格泉水
流淌在那仁宝力格草原
僧僧黑马——阿巴嘎黑马
奔驰在泉水边

是这样无言啊，四季的风
吹亮了小黑马的长鬃
轻轻亲吻它额头的汗珠
就能获得比珍珠还晶莹的祝福

是这样无言啊，生死祸福
激荡着古老的蒙古高原
冬日的霜雪凝固天地万物
唯有神灵一样的黑马，长长的征程
风一样的步伐，飞过白色草原

是这样无言啊，一匹黑马哈日夫
和胡子发白的老牧人灵犀相通
我轻轻地跪在草原
倾听那说不出的
低处的箴言

2019.5.3 于呼和浩特草原部落

这就是我的土地

这是我的土地
站在这里,我心里那个我复活
科尔沁,锐利的箭,今夜
在哈撒儿古城,三月十五的月光下
白雪一般飞翔

落进哈撒儿王宽阔的胸膛,我的王
我心中永生的蒙古勇士
胸膛能容纳千万箭矢,至此融化
坠落,千万朵常开不败的花朵

这是我的土地,是的,今夜
我枕草而眠,我的王苏醒
这厚厚的草甸,是大地制造的婚床
长风如烈马,奔腾在雪白的月光下

这就是我的土地,我的蒙古高原
八百年城墙饮醉了额尔古纳河水
八百年屹立不语的科尔沁部敖包山
今夜,将我收揽入怀再沉睡千年

2016.4.21 于呼和浩特草原部落

泪水洒落薄雪晕染的草原

我突然再也控制不住
从童话世界开始贮藏，汪在海子里
泪水突然迸发，飞出风中的寒流
洒向薄雪晕染的呼伦贝尔草原

马群散落着，像农村那些插手而坐的老人
有的在石头上，有的靠着墙
有的趔在一旁
马头长鬃挡脸，黑毛梳理茫茫细雪

我们再也回不去了
远处是依稀的蒙古人家，靛蓝房顶有意打破平衡
云飞出梦境，在地母乳房之间弹跳
正午的光如此明晰地照耀
白雪条染金黄的草地，滚动如洪波

牧羊人一身黑长毛皮袍
从头到脚
回头看见我们
一对男女，水火不容

一红一黑
分别站在一只乳房上
背对人世
面向同一方向

    2015.10.27夜，于海拉尔乌妮热大姐家

伊敏河在等待

草地成了棕黑色
你想象不出来,夏天这里是多么丰富
能挤出水来的绿,黄,蓝,清澈

立冬之前的伊敏河,弯弯的身影变得沉默
随暗焦的草地,进入长长的等待
第一场风雪刚没草根,滑倒野兔
獾的脚印陷入草泥,冻住

伊敏河在等待
白雪覆盖蒙古记忆,呼和诺尔将要凝固
夕阳照亮蒙古女人的水红长袍
光的曲线蜿蜒山包
永远抓不住的红狐,尾巴长长地伸直
扫过天边

2015.10.27 夜,于海拉尔乌妮热大姐家

夕阳之箭射向女娲

北方之北,在中国边境线上遥望
天空腹部的妊娠云纹似动非动
女娲炼五色石补天后横卧草原
夕阳之箭倏忽射向满身金甲

一支正中眉心,天眼蓦然开启
正对着夕阳凝视
百世颛民千年纷争顿收眼底
颓然沉醉
在草海中烧融,心花收拢
五彩霞衣包裹地母

四极星空哪里最亮
湿漉漉的空旷
银星散落,女娲赤足踏过霜红秋草
一直走下去

草原九月的虫豸
铺满雪白长衣
染红手指和黑发,向地心延伸

点燃生命之火

夕阳如天母之子
蜷缩在蔚蓝天宇,神秘火种
射入每一粒孕育的草籽

静坐,心如蝉翼
石卵浮动混元
往古之时,初补好的正北天边
一如九州未裂之前

2015.8.25 于满洲里学院何夕楼

零度樟子松

身体放平,触角打开
一只贴地匍匐的蜘蛛

游过零度骤降的寒气,小雨落在蜕皮的樟子松树梢
落在我头顶

落向你蜷曲延展,向外扬历的枝条
一根黑色枯枝插在老树干的心脏
龙头击打五百年,一一数过来的秋光

平躺,攀爬,沿着向下抓紧的黑褐色根
扎入松软沙土,老干鳞脐
纵脊横脊都在仰望

再也抱不拢你的身躯
海拉尔松树的年轮
以小雨中的苔藓计数

2015.9.21 于满洲里学院何夕楼

最后一条黄昏的河流

留你一个人，在天边
我奔赴西北，从云层密布的海拉尔
追逐最后一条黄昏的河流

一直被吞没，车速 100 迈
金狐在地平线上显现
没有眼目只映出一瞥眉影

虚了，斜了，不成直线的地平线
"荒野与大学有着同等的重要性"
无处安放的青春和爱情
跃身飞入万顷草原

你是你的斑马
我是我的河岸
在湿地河畔
听凭大地和天空的安排

2015.9.21 写于满洲里学院何夕楼

莫尔道嘎森林

脚挨着脚,手拉着手,树干缠着树干
一棵落叶松和一棵白桦

月亮出来劝告
分开吧,彼此沉默,享受孤独长夜
太阳出来照耀
分开吧,各自生长,照到圆形阳光

根部贴紧,胸膛偎依,枝干触摸枝干
一棵白桦和一棵落叶松
两寸粗的直径,越缠越纤细
越向上越绕环,密林深处
大兴安岭西麓,劲风打过
冰雪覆盖,老鸹叫声凄厉

水进入血
呼对着吸
根附着须
两条交织盘绕的蛇身
身子上端是传说中的女娲和伏羲

你喊我过来拍照
说一棵坚硬的落叶松竟然和一棵白桦
紧紧长在一起
我回头,看见那两根细细的枝干
缠绵互生,纠结至死

无言,转身走进暮色
最后一条天边微红射线
穿越莫尔道嘎森林

2015.10.4 夜,
于呼伦贝尔莫尔道嘎龙岩山庄

雅鲁河漂流

今夜,睡在扎兰屯的北斗七星下
大兴安岭白蘑做了耳环
不用再扎耳朵眼了
戴着两串白蘑去雅鲁河

扎兰屯大姐坐在皮筏子船头
我坐在高高的船尾
姐夫划桨在雅鲁河上
两岸山林缓缓为我展开
蓝天揉皱了碧水

今夜,我拥抱扎兰屯大姐
没有哪一朵云比她的心更洁白
没有哪一壶酒比雅鲁河更醉人
撞击在岸边树杈间我们共同抱头
命运交给湍急的河流

盘旋时停在高空
一圈圈转出搁浅的石砾
奔腾时如百舸争流

冲过漩涡到岁月那一端

今夜,呼伦贝尔不再遥远
想念宝蓝的天
兴安岭林海为谁静谧
环拥扎兰屯如悬挂的摇篮

梦一样的雅鲁河
雅鲁河上漂流向南

  2015.9.4 夜,从南木林场漂流后归宿扎兰屯

安静的豹子

我默默抱住你
一头安静的豹子
拍打你的肩膀,在篝火边念诵

花豹把我从大兴安岭背回来
到达赉湖边
祖先狩猎的地方

我默默抱着你
像抱着丢失的自己——花斑豹
北极星照着半座天空

骨鱼镖插上木柄
立在营地里

安静的花豹
在我怀中默不作声

2015.8.31 于满洲里学院何夕楼

遥远的达赉诺尔

拥抱达赉诺尔
蒙古人心目中的大海
你眼中银波万顷
为爱远行天边，然后遇见

辗转在湖边的敖包默默合拢双掌
心对着心，眼对着眼
皈依草原

履行一万年前的约定
你是牧野荒草地捡来的男孩
放在背包里，挎在肩背上
走过呼伦贝尔的寒风劲草

2015.10.1 夜，于黑山头镇

野马鬣鬃

一群野马奔驰在连绵不绝的山林间
忽而踏入深谷，忽而腾跃峰岭
我被风裹挟，在马背上颠簸

黑压压触折头顶的落叶松，层层穿越
白桦林脱叶后如青白荠菜，用一只只黑眼睛注视着天空
马蹄没入金黄松针
呼啸向北，惊愕的小百灵在枝头鸣叫

野马鬣鬃飞过
你不是我的诺亚方舟
出生在大兴安岭山林的蒙古部落
鬃毛黑亮，汗珠飞溅

白云覆盖着无边无际的原始森林
我无法勒马，眩晕，颠簸
如一只绑架在马背上的梅花鹿

孛尔只斤部落的山间隧道遮黑了双目
孛尔帖在黑暗中被抢婚，就发生在昨天

蒙兀室韦的野马奔驰额尔古纳河边

哀歌被金秋的风裹挟
大地敲响了飞翔的巨钟
紧闭双目,一切都在生死之外

在毁灭之前迷狂,野马群跨过克鲁伦河
梅花鹿歌唱蒙古英雄
天边升起不死的夕阳血魄

2015.10.4夜,于呼伦贝尔莫尔道嘎龙岩山庄

花斑牛和黑背牛

花斑牛和黑背牛
打过草的草地只剩下狼针
牛群在天边,散散漫漫排开长阵
只有呼伦贝尔才这么闲
云在空中抽丝剥茧

一只花斑牛回头看着我
东边的黑背牛,比黑背狗黑得更通透
摇摆着挪动步子的黄母牛奶头甩出好几个

我轻轻地走,不由自主地屏住呼吸
草要干透了,金黄的草地赤裸着身子
花斑牛身后卧着的白牛回头看了我一眼
又懒懒地卧着
于是牛群里所有的牛都回头看了我一眼
又转过头去

草地的天边被松散不齐的牛高高低低地拉长了线
花斑牛一直歪头盯着我看
看了又看

恍惚间我变成一头黑背牛
与花斑牛点头，碰碰鼻子
一起走进牛群
卧在阳光温热的呼伦贝尔大草原

2015.9.12 于呼伦贝尔新巴尔虎右旗

巴尔虎女人

回头静卧此处
是不是,巴尔虎女人心中的猛虎

扬起白色月亮的尾巴
扫荡这方怀抱夜空
没有谁抓住流星

奔腾起来,呼啸而至
摘下小马驹的桂冠
风翻起帽檐

渴望者,目光如鹰
大片山川历尽
一弯盘月暖卧心间

2015.12.4 于呼和浩特草原部落

乌吉斯古楞

没有花，女人和她的马
马和它颈鬃
布在展架，我试图挂上你的名字

渴望亲密，从这里，闯入
闯入者被阳光照射
躲避高层建筑的阴影

云霞浸透过伊敏河水
小鸟从袍子里飞出

魂定，翅膀的声音
划过浩荡苍穹

2015.12.3 写于呼和浩特草原部落

穿越大兴安岭

列车,穿越大兴安岭
乌奴尔,免渡河,博客图,兴安岭
从西麓钻进去

云海邀约林海
交叠时而放纵
电线没有了,丛林深处
只有盘旋的鹰,半山坡白鸟飞翔

梦中亲手接生的两匹小黄马
奔跑在湿地草甸
长鬃飘飘的黄骠马
贴着斑驳绿皮列车徜徉天边

在林海深处
走下去,一直走下去
"一个走向荒野的哲学家"
放空心,放空家园
放空山海图里的大荒北经

九尾狐在夕阳里稍纵即逝
蓝湖水映照恋巢寓鸟的彩翼

2015.9.3 夜宿扎兰屯

沉沦于荒野

一头扎入山地草原,深处
起伏不定,半坡,山岭
盘旋而后飞行,落在高地

收割后的草场,安详得像生育后的妇人
深处沟壑纵横,或者秋风凛冽
一颗心随风卷在连绵的山地上空

金色的海,棕红的土地
岩石在峭壁上沉默
乌云张开飞翔的翅膀
一只俯瞰的银鸥,静止在半空、湖水、浪花
滋润山野深处的紫色女英

远古抛弃在深处
远方生长于深处
渴望盘旋着银鸥的翅膀
河道深处的波浪汹涌,如此奔放
或者沉沦,沦落于荒野
"走向荒野就是走向自我"

扎入山地草原,大泽之北

数不清的呼伦贝尔羊群
遗失的梦境在说话
一首天边的牧歌诉说
俯拾那朵朵开放在深处的花

2015.9.21 于满洲里学院何夕楼

大地伴随最后的霞光入眠

你坐在大巴前排背影娇红
草甸子里的芦苇纯白摇曳
晚归的两匹棕马迎面走来
金红草秆扫过黑白花奶牛

松软的黑土和着厚厚的牛粪
从达赉诺尔向东,向北
过殷实丰厚的山岭草甸
到平旷的黑山头
大地伴随最后的霞光入眠

天边的黑山头,黑山矗立
命运中那座一定要走过的铁锁桥
被风吹打得叮当作响,聚拢四面八方的云
湖水和海子
听得见祈祷的天神

2015.10.1 夜,于黑山头镇

风大得要吹起地皮

风大得要吹起地皮
赶着牧歌驰骋山岭
秋草枯了白了翻浪了
不妨碍锃亮蓝红摩托一闪而过

惊鸿一瞥,时光倒转
我翻身跃上你的车座
"跃入荒野深处承载的自由"
风把耳朵眼睛鼻子头颅胸膛敲击得砰砰作响

翻过草浪追赶羊群踩着古老山脊
追赶漫山遍野的牛羊,神秘的牧马人
遇到我的时候请不要忘记俘虏我
像远行途中顺手抓住一朵白云

打乱分寸飘逸撒欢跳过山峦制高点
把大地泥土丘壑揉成一条女人河
在旷野秋风中流过

2015.10.11 于满洲里学院何夕楼

冬草醒来

把我放进达尔罕旗王爷的蒙古包前
与王爷一起合影,王爷的一匹马
到镜头里安静下来,把奔跑
交给身后的草原

第一棵冬草醒来
顶着积雪的冷冽
一百年过去了,把沉睡
交给身后的戈壁滩

2019.3.21 于呼和浩特金桥格日勒阿妈奶茶馆

一匹矫健的阿巴嘎黑马

淡淡的白蓝涂抹每一条云边
落日藏在对岸
阴山山峦起伏在云纹下

水鸟在半绿沙洲上小憩
你举着比小鸟更小的镜头追逐
拉不出的长镜头
拉长了一线灵机

奔马扬蹄,一声嘶鸣之后低头欲起
向着敕勒川无边的梦境
逆光,一匹矫健的阿巴嘎黑马

不停地跳跃,斜刺飞掠
风越来越微
右胸的疼痛此时隐忍
悄无声息

你我第一千零一夜
忘了拉手,眼看

握不住的夕阳西下
如火如荼
疼痛蔓延摇落

紫烟霞映入夜色,拉长山脊
忽略你手掌上热烈的厚度
贴紧马背一样宽厚的归属

2016.4.29 于呼和浩特草原部落

科尔沁小黑马

慢,慢,城市里的游牧人
慢了脚步,言语,时间

被寒流冻得凝固
雪块突然落在风挡玻璃
这是小黑马搅动的飞尘
跟在我身后,跑在我身前
来自科尔沁,科尔沁草原的风
风中奔跑的小黑马
像顽皮的小驼羔,小狼崽,小骆驼
黑黝黝地拱我的额头
又转身跑去,把雄树的杨花唤醒
一场杨花雪
小黑马对着阴山嘶鸣
越来越清远

听到不会起乡愁吗
连我,来自河北的异乡人都思念草原了

会,尤其在异地,听见长调就起

浓得化不开，心被唱得飘散

科尔沁叙事长调民歌
比深醉后醒来还慢，黏稠
无限的空旷
吸纳醒着的人
沉入，沉入
歌声里的小黑马，赶着杨花
赶着羊毛毡，一遍一遍地
你听，先祖的马蹄声
是归人
在草地上轻弹

2019.3.20 于呼和浩特草原部落

孤独的黑山头

初春的草原新绿散落如点点轻纱
我一寸寸抚摸你
曾经受过岁月的针刺
曾经历尽时光的熬煎
一滴一滴鲜血落在我心上
难道只等这一日
三月十五的月光，把心底的系念照亮

这座孤独的山头
四周因为土地肥沃而黑透
巨大的阴影形成草原上天然屏障
我在这边，你遥遥立在天边

红柳泛起姜黄
西北边的哈撒儿古城古乐奏响
蓝色的额尔古纳河
容纳所有窈窕细柔的倒影

我轻轻地挥手，弹拨你的背脊
太阳的弦，马头高昂

像我梦中奔驰而过的英俊白马
琴弦已张开,春风唱着长调游荡

我们的黑白花奶牛,已开始清晨的徜徉
这座孤独的山头,沉默不响
望望这边的我,天边的你
云霞织锦,印上你的模样

千年的等待,回想
你的在场无人知晓,无人讲述
梦里亲吻过的月光
又一次刺痛你额头深深的忧伤

2016.4.21 于呼和浩特内蒙古师范大学

劲风吹过哈撒儿古城

跋山涉水,马背上呼啸跨过
追随科尔沁蒙古人走向哈撒儿古城
钻进秋季干枯的草甸,手扶高高的木杖

到小孤山西北,秋草高高摇动的城墙
远远耸立在几户牧人家西边
你说肯定是了,草原上没有那么长的墙
那里一定是哈撒儿古城
祖先驻扎繁盛之地
你在虚空中感受到熟悉的气息

大风把牧民的围栏吹得东倒西歪
草库仑、牛库仑、羊库仑,空着
高高的草垛堆得看不见后面住人的牧户
木头围栏冻得青白,随意歪斜,缺口开着
广阔的湿地向远方延伸
与秋末大地交融

乌云压在头顶,穹庐贴着风的棉帽子
一言不发,我跟着你

跟着你宽阔背脊上朝拜的庄重
顶风爬上五六米斜高梯形城墙
大风席卷现实的一切而去
消失在你身下的草莽
吹来昔日蒙古帝国哈撒儿王的战旗猎猎

成吉思汗大弟哈撒儿的封地
城中大殿无踪柱础尚在
蒙古大帐布在宫殿四周
王的威武凌驾草原高寒
悲风跑着似有若无的战马
每一声马蹄里都有一个战死的英雄

你跳进金草半人多高的墙外河道
花开过了蒲公英结伞,野菊干枯顶着花帽
你在草丛里打滚,游草而行,风挡在墙东
秋草护城河,岁月静好

我默默地随着你
心底充满失去的恐惧
"面对孤独,一个人接触到了自己生命的本质"
秋草将淹没你的身躯,我的记忆
祖先的荣光俘虏你的灵魂
我紧紧抓住你的影子

就像抓住生命中那听不见的呼声
与古城的风汇合，夹杂着阵阵冰凉的风雨

长长的城墙通向远方山地环绕的草甸
草场平旷繁茂
城北山顶敖包祈天
万古英雄为枯骨，一脉王城内外
烈风千年，只有一座石碑高高耸立
就像一个人站在历史的长河落日
思绪的倒影在民族的血液中绵延

你探寻着城中的石块石砖
我的手停在半空中不敢碰触
早年的王，曾经立下多少禁忌
亲爱的，你触摸的或许是哈达飘扬
哈撒儿深夜沉思默想之地
"它是一个人灵魂的组成部分"
大蒙古帝国的版图，有多少是在这里勾画
如今，废墟中仅留下冷却的时间
我想阻止你
阻止你和祖先窃窃私语

被耳畔的大王风裹挟，无处躲藏
蒙古帝国横扫欧亚

呼伦贝尔是出发的地方
英雄哈撒儿的后人，迁居科尔沁草原
遍布北方大地

被天边西风吹得摇晃，一步一摇走上远处高高的敖包
双手合十，你沉默不语，顺时针转
白石，经幡，高高的图腾柱
再向北是广阔无垠的大草原
东边是黑山头
王城在有风有水有退有守之地

你拜敖包后奔跑
顺风而驰，向山下祖先的大地
胸膛被劲风打得隐隐疼痛
蒙古人的梦境穿梭我的骨骸
还原一个千年的思恋
浩荡秋风在时空中凝固

向阳南坡，卧着黑白花奶牛
远处古城的猎猎雄风
在敖包山脚下渐渐沉寂
你融入到草原深处
你胸中的时空与我所见不同
你听不见我的呼唤

小小的身躯内等待的无名悲怀

我手上紧紧攥着护城河河道里的秋草
似乎攥住哈撒儿坐骑的缰绳

双手放开，草秆飘飞
千军万马在劲风中驰骋无穷

2016.8.13 于呼和浩特草原部落

第四辑
赶着白云的走马

那个声音浮现出来
一匹白马的模子
打上天空的烙印

赶着白云的走马

云走得很慢,故意让人看见
无限,无尽,后来的与前行的
在同一画面,这是大同世界吗
赶着白云的走马,走天涯
隐隐地,风刮在脸上的疼痛
离散之前已清醒
云水弥漫,这过场
不躲避,也不铭记
静静走过
走到遗忘的深渊
走向人生的一小块空地

2018.9.6 于呼和浩特草原部落

马奶酒里的草原之夜

中午两点半,赛汗塔拉,六碗奶茶
晚上九点半,锡林郭勒阿巴嘎旗

向东北一百多公里乌冉克牧场
三碗奶茶,四杯新鲜的马奶酒

越野车行走在没有公路土路只有草原的大地上
野兔在车灯里亭亭玉立
猛地回眸,撒腿狂奔
飞鸟迎着车灯盘旋

第一次喝草原上的马奶酒
几乎没有酒味
清凉,千万不能加糖
新鲜的像一个朝霞漫天的清晨
在唇间一圈一圈地荡
雨后的草原一样,满口生津

一整夜,我泡在喝过的奶茶和马奶酒里
望着天窗外风力发电扇旋转不停

马奶酒在我头脑里转
比嘎达梅林还要冷静
比王府的夜晚还要安宁
我是蒙古包前八百只羊群里的一只母羊

支棱着耳朵守着睡熟的小羊
风大了云浓了星星不见了
入睡还是等待
地平线上的黎明
耳根里的黎明

从马奶酒里长出来

    2013.7.4 3:22 于阿巴嘎旗牧场深处

草原部落

阴山北草原上草根草叶咝咝吸水我听不见
楼外面下雨我听不见
你的呼吸听不见,你手心的热听不见
手腕隐隐作痛

细细的粉底梅红线条你看得见
阳光的回响
不惜穿过云雾亲吻我的双肩
杂乱无章的柳叶刀
一刀刀梳平你额头的凌乱

金秋落叶小路走向森林深处的天边
雪花的花我握住
寒凉的秋风拉动围巾,降温的夜晚洗去暑热
心沿着木阶小路盘旋而上到山顶
梧桐细雨落进梦端,那一端在半空

蒙古包洁白着每一朵落花,而后
激烈地落进沟渠,躲进雨后的淅沥
一只脚丈量大地

另一只脚陷入回忆和怀疑

阵阵细雨敲打梦中的草原部落
灵气逼人,从纸面飞向云端
你入梦八分,两分被我唤起
牵手走进静谧的旷野深处
原木纹裂,迎着晚风在芍药花畔

2016.6.3 于呼和浩特草原部落

草原雨

风吹过所有草棵
浓墨倾泻全身
所有星星都闭上眼睛
哀伤的乌云
拉起凌晨两点钟的马头琴

马奶酒流入肺腑
清凉的夜风
把睡神叫醒
带骨羊肉放在风口上
飞蛾不停地扑进风能发电扇

停下吧停下吧
旋转的风轮
羊群染黑羊毛已经入睡
没有人需要灯光
红色狐狸灯在锦鸡羽毛上发亮

蒙古包飞到半空

去迎接朝阳
风打着木门的榫卯
天窗跳进黑云
勒勒车无人驾驶

推开木门
沉睡的萨满服失重
锣鼓突然敲响
越来越急越来越重
一场苜蓿雨
在草原上扎根拔节
平地突起

2013.7.4 凌晨，于阿巴嘎旗牧场深处

九月雪

一千点秋霜
打上大阴山紫透的山楂果

回到起始之地
一队无名的马群沿河道奔下
使者的圣音响起
撬开灵魂之门

光刺目地折入闭锁的黑洞
我用低垂的长发感受
你沉稳的呼吸在光影里

血管摆脱腕上的筋骨
呕出一颗心来,跳进黄河浪
躯壳昏死当地

浊浪滔天
卷动万仞绝壁
只为遇见你
一片长翅膀的白羽

徐徐上升

甲午闰九月之岁
我出生两次
九万朵西伯利亚雪花
提着红灯笼抵达青城
——倾国倾城

2014.9.23 于青城丁香苑

一切从爱开始

你教我说蒙古语吧
行,你跟我说我爱你:
bi qiamadu hairatai
bi aoyundalai hairatai
bi aoyundalai hairatai

露天铁皮小火车裹挟着风蛇行在鄂尔多斯响沙湾

这就是我爱你吗
bi aoyundalai hairatai
bi aoyundalai hairatai

是啊,就是我爱你
你看着我的口型,舌头拉出来,这么个:
bi ao—yun—da—lai hai—ra—tai

你张开嘴说呢哇,卷舌头,就这:
bi aoyundalai hairatai
用心说
要想学会我爱你

必须把舌尖咬破

bi aoyundalai hairatai
bi aoyundalai hairatai
敖云达来,敖云达来
啊,你不是叫敖云达来吗

女诗人远心和蒙古祝颂传承人敖云达来
一人提一双鞋赤脚走在热乎乎的细沙上
敖云达来的肚皮,像装着个水桶
脖子贴着下巴,该减肥了
远心光着脚板子踩在沙上才发现
两片 39 的大脚比脸白多了

敖云达来看见沙上的黑虫子
一爬一爬两条细花腿印
提脚就踩住虫子,远心哇的一声大叫
快速拿开脚,虫子还活着,往前爬
敖云达来又踩
啊,你怎么回事啊,踩死了怎么办

你踩,你踩,我小时候老踩虫子玩
沙壕子里,真的没事,你踩啊
远心将信将疑,看他玩得实在欢实

忍不住闭上眼睛提着心踩上去
赶紧放开一看，呀呀，真没事呢
又踩又放
脚底下一点虫子的感觉都没有
还是光滑的沙

你脚轻点，真使劲就踩死了
敖云达来刚说完，一脚狠狠地踩下去
哎呀完了完了，他拿开脚，半天虫子不出来
你踩死了，你干吗踩死它，可怜的
敖云达来脚指头一拱那堆沙，等了一小会儿
黑虫子一骨碌跳出小沙堆
出溜出溜爬走了

大巴车晃晃悠悠在库布其沙漠公路

公路两旁绿化带边缘沙丘起伏
还有 20 分钟就要到康巴什，就要各奔东西了
敖云达来要回鄂托克旗
远心要回呼和浩特
这一分开就要相隔 500 公里
远心把敖云达来沉得铁一样的大黑提包拿开
挤在他身边的座位上

不行，你再教我说我爱你
不许占便宜
bi qiamadu hairatai
bi qiamadu hairatai
这回是真的了，说给父母，给亲人，爱人都是这
bi qiamadu hairatai

其实"敖云达来"也不光是我
我的名字是"智慧大海"
bi aoyundalai hairatai
就是我爱智慧之海

哦，那还真不错
你再教我说我恨你吧，有爱就有恨
不行不行，那不是一回事
一切从爱开始
一切从爱开始

bi qiamadu hairatai
我爱你
bi Ordos hairatai
我爱鄂尔多斯
bi yiragunailidu hairatai
我爱诗歌，好好爱

如果我唱歌，不出鄂托克旗
如果我写诗，不出鄂尔多斯
如果我祝颂，就能走向全国全世界
如果你用汉语写蒙古文化
能传一百年两百年，走得更远
我是鄂尔多斯草原婚礼主持人
我老婆是长调歌手
你一定要到鄂托克来

bi qiamadu hairatai
bi Ordos hairatai
bi yiragunailidu hairatai
bi aoyundalai hairatai

远心念着，用心念着
看着敖云达来的舌头
听他念诵36个蒙古文字母
啊—额—伊—奥—沃—欧—乌
那—乃—尼—淖—努—呢—怒
……

bi qiamadu hairatai
bi qiamadu hairatai
念着念着，舌头成了卷心菜
念着念着，把舌尖咬破

2016.6.13 于呼和浩特草原部落

乌素图：有水的山间

山玲珑，大块云朵翻涌弄日
正午，恰逢巡山的神灵
崎岖老树醉卧，杏花阑珊
残红映入天边

佩带巡山的青铜剑，呼和浩特之北
根河小木屋紧闭门扉
飞鸟立在绿色屋檐，歌吟婉转
我与你，手指在剑柄缠绵

一眼清泉从蒙古马蹄下踏出
沿着长调的曲线滋养落花
英雄饮马而去，白云拂袖
巨大的倒影
在雪白沙果花树下弥散

静若处子，林下盘桓
心如枝头白瓷杯一盏，大阴山下
献祭苍穹
万缕金光散射无垠

流光一转,一念之间
山中花落叶圆
换了人间

2016.4.27夜,于呼和浩特草原部落

到远处去唱歌

去,到远处去唱歌
赶走白云
让歌声在远方穿透我
骨头和骨髓尚能相融
"蒹葭苍苍,白露为霜"
比任何季节都更加本真
游荡在大地上空那朵白云
七彩呼伦贝尔,打过草的梦幻草堆棋盘一样散落
山丘的阴影里陷落尘世的原罪
一遍遍遥望
被看不见的力吸纳、承接
那是朝向大地的黑暗之力
宽恕一切重生一切的救赎之力
死亡近了,像一棵草一样熟悉
向无限的远方隐退
你只能投入,长长地走过去

2018.9.8 于呼和浩特草原部落

火之舞

咪咪,过来,火圈如一个热腾腾的叉烧
咪咪扭着腰肢,一跃而起,闪耀一道花白的光

山野里的篝火已凉,围观的野人已散
一片白桦林披着银白的月光,看这对旅伴的小伎俩

谁的锣"锵"的一声响
火圈即刻停止燃烧,咪,咪——

咪咪期期艾艾地叫,叫出篝火后面一头冬眠的熊
咪咪颤巍巍地骑上熊腰,跳进大火熊熊的山坳

2011.12.15 于呼和浩特五塔寺东园

乌兰木伦湖的眼睛

众多的宫殿,众神降临
遇到你的目光
鄂尔多斯大地上蓝色奇迹

蒙古额吉梦月光生下你
双目弯成月牙,落进湖水
一瞬间踪影全无
子夜醒来歌唱的女巫
蓝色水袖甩开鸿蒙

月牙微笑,刹那推出并停泊
前世茫然不可记
在心与心的空隙
印下浅浅的车辙

千年后我抱一轮月光入腹
与你初见,携手,眼光柔软
正午飘过阵雨,窗内小声说话
从人群中冉冉上升

乌兰木伦湖的眼睛
透过你新生儿的脸
看见我琥珀包孕的前生

2016.6.17 于内蒙古大学校本部槐树光影中

虎噬羊纹

回到那年——2500 年前的森林

穿着兽皮裙的夏日

被猛虎追逐下水,冰冷的北方河

被激烈的恐惧烧灼

那时候诗歌在哪里

女巫鸟纹面具的嘴唇吐出咒语

猛虎噬咬着盘羊

面目狰狞的姿态透露着胜利者的傲慢

人类从那傲慢里得到启迪

从被追逐者的恐惧里逃脱

冰冷刺骨的水,浸泡出"活着"

2500 年后,游过北方的绿色峡谷

皮肤上跳跃着老虎

老虎嘴里的盘羊死里逃生

在鄂尔多斯高原踱步

人类比散落又聚集的鄂尔多斯青铜器更傲慢

在巨大的冷水激活的空间

背负着未来游泳

诗人偷窃了女巫的咒语

在水中睁开眼睛

念了又念

2017.8.8 于鄂尔多斯高原

登白塔

举着星星之火
随你踏上登塔的旅程

每一步攀登
都向生命内里旋转一度

抚摸你触过的砖木
接过你指间的温度
一层一层,系在转角的铃铎

再转一圈,是否就是命运的塔顶
多少曾经登塔的人
留下长长的侧影
诗兴刻在砖木上
契丹、维吾尔、藏、蒙、满、汉文
哪一种是你前生用过的文字

坐在塔顶的幽洞
登塔的人还在寻觅
谁来拜佛,谁曾诵经

——万部华严经
回响在塔顶

只有风,从遥远的旷野吹来
从丰州城的废墟吹来

2012.4.22 于青城小屋

被风吹亮的星空

海子里的水泛起滚滚黄浪
通向阵雨的洪波
浓云覆盖穹庐,超过呼吸的密度

今夜,流浪到哪一片草原
诗人在河边,一次又一次
空空走过

没有告别仪式
夜晚的祭奠
干净的星空
哪一朵云为你送行

凋落的,随风而逝
远去的,永不回头
牵挂的,在河边留下倒影

子夜过后,被风吹亮的星空
支架天空的大帐,云河稀薄
湿气在野马尾鬃流过

2015.8.16 于阴山北格根塔拉草原

云端的北杭盖

艰难,让句子缩水
缩风,倒春寒的十字路口
风从四方袭击
使衣袖缩起
脸颊青,眼皮薄
天若无其事地蓝
蓝过今日
还有明日
云扯开衣袂
比从前慢,舒展
与收缩之间
四时岁月
千变万幻
只有看云的人
走到时间之外的
——北杭盖
收拢声腔,故乡的诺古拉长调
颤抖在离云脚,最近的蓝

2019.3.23 于呼和浩特草原部落

剪影里的风

  黑骏马驶向日不落神山
  被海子吸引，半路停留
  一轮红日烧融蒙古高原

  寻找遗失的九眼玛瑙，那前世神话
  九尾狐在车灯里跳跃
  哪一次轮回里播种了爱

  剪影摇动，在四子王草原听风中敕勒歌
  风吹落根根凋零的长发
  入水，化作白鱼，游动草根
  沉入大地亲吻油菜花的芬芳

  天眼睁开时，你在哪里流浪
  哈乐、土牧儿台、乌兰花、赛汗塔拉、二连
  向北，向北，阴山背脊之北七色广袤草原

  在你目光里化为雕像
  剪影贴紧夕阳沉落后灰红的地平线
  青春一往无前，唯有风声

拂过海子里的柔波

马背上空星河流散
穹庐护佑四野
我躺在大地的怀抱仰望繁星
九尾狐闭目清唱

　　　　2015.8.11 于呼和浩特草原部落

一只阿尔巴斯山羊

什么时候从羊群里跑出来
脱离西鄂尔多斯大地
穿越荒漠、平原
到阴山

阴山山腰独居的阿尔巴斯山羊
这里真是你的故乡？
山脉绵延千里
每一道山梁都有你弯弯的山羊角
再硬，硬得过阴山的石头？

离开你的族人
茂密的洪积平原上的草丛
到阴山，绿意盈盈
在成为岩洞上一只羊化石之前
独居还是归去

2013.9.3 于青城丁香苑

山丘那边

夜幕降下来
草原上,天地吻合
再无分界

如果有,就是我和你
指尖相触的距离

没有光证明一根草
在劲风中摇曳
摇碎了我的指甲
剔除肩胛骨的血肉
去占卜

如果有,就是一粒沙
在黑夜里苏醒的时间

照亮戈壁草原
一粒沙醒来独自看见
生和死之间
一块肩胛骨的距离

夜雾深浓

翻过山梁

远处回光又起

一条隐秘的红色地平线

你的细长眼角

在山丘那边

2014.8.18 于锡林郭勒苏尼特右旗

记忆峡谷

抚摸手心的花籽
仰头撞见四顾苍茫的大漠

气流在银肯响沙湾腹地捂住我的嘴
白骆驼又一次跪伏在地

系在脚底的细沙
长出乳白色翅膀
驮着你的背影低低地飞

2016.10.16 于呼和浩特草原部落

一匹白马的模子

1. 天空的烙印

心跳,不一样地跳
跳着一个声音,多奇怪
这纷纭的世间,魅影重重
那个声音浮现出来
一匹白马的模子
打上天空的烙印

2. 风被带走了

一种莫名的引力,把风带走了
只剩下沙地,沙地上一片百吉莲
太阳比夏天还要残暴
这样炙烤大地究竟是为什么
这个看不见的力,像一个人的影子
又像一群鸟飞过沙漠
最后一滴水,是落在莲花瓣上的泪珠
莲花活着
而风被带走了

3. 预感之鸟

预感之鸟,在事实发生的时刻
飞走了,很多飘浮的东西扑棱扑棱落下来
孔雀被送回来,这很好
你小小的镜子,护持着心
小小的镜子,你当爆裂、聚集
把所有生力放在天平两侧
让生命与生命平衡
让花朵仰望花朵
静静地,就会发生

4. 有些人替你活着

从头顶长出一个人
我看着他走进小径
陷入低洼的树林,走进湖水
我想说一句话,口被禁言
我想伸出援手,身体一动不能动
他头也不回,像一个真正寻死的人
他的寻死不是为了觅活
"有些人替你活着
有些人替你死去
但没有人能证明你的存在"

他替我死了,我在他身后站着
竟然无话可说
像一个不失眠的无辜者
恍然自悟——我是替他活着

5．最后的洞穴

退到最后的洞穴,在山腰上
已经无路可退了,手持尖利的石镰
开始砍那些荆棘,荆棘挂着秋天的红果子
一副无所谓的面孔,骄阳烈火
使它更增加了几分娇艳
精疲力尽,我只有坐下来
抹一把带着血丝的手汗,泥土在四周
所有的虫子都不与我为伍,它们
兀自叫着,像秋风一样,来去无迹
仇恨无端,杂生的花椒树,红了营盘
厮杀声也早已过去。这正午的战场
透着尘埃落定的苍凉
那远处的群山,陷入回忆,陷入
野性驯服后的荒芜

6. 河流无法收复

河流无法收复
千年流淌下去
青藏高原清可见底
黄土高原混浊难辨

沧浪之水清兮，沧浪之水浊兮

离开源头的河流做不了清浊的主
那一段安静的河面，想带你去看
始终未能如愿，并不影响那安静和宽阔
在我心里，一直漂流
河流无法收复，我确定
那些流逝的耳鬓厮磨的日子
也无法收复
是否还在流淌，也已渺然

7. 一次一次摇上来

一次次从深井里摇上来的井水，在生命中
不同的清晨，一次又一次摇上来
姥姥村东头的大井，据说水最好，母亲的牙很白
奶奶村中央的大井，井绳粗而硬，冬天井沿结冰

在我的记忆里，母亲清晨把那个铝皮水桶
系到井底，投了又投
摇上来的水，冷冽激人
有时候混浊，回家沉淀一下再倒进水瓮
成年后，在诗歌的风铃里，我又听见那水声
辘轳摇上来时桶里的水一颤一颤掉进深井
挑担走在路上，水滴成冰
井水倒进水瓮，哗的一声冲压瓮底
从深井里摇上来的井水，在生命中
不同的清晨，一次又一次摇上来
那个摇着辘轳把儿的人，是生我的人

8. 春天会在一朵干花里长出来

还能不能恢复如初
如初见，不会了，被一些事物改变

看上去熟悉，已同陌路

春天的花，变成干花后
多了一些褶皱和弯曲
花型尚在，嘴角带笑
梦魇后释然

风过来,轻轻地摇
自己搭理自己
重新播种一遍
春天会在一朵干花里长出来

像一个干瘪的哭泣

9．劈开树枝的影子

时间长着翅膀,可以飞翔
可以敛持而立,在窗前的树梢上
楼上桥,桥上楼
大榆树长到桥头
劈开树枝的影子,看到喜鹊
时间在斜面上匍匐
彼此相知,这样望着
谁能从中窥见万物
谁就是时间的奥秘
一阵急雪挥洒而来

10．匍匐前行

从此,我要用一生去丈量距离
直到匍匐长跪在你门下

已经苍老了容颜
褴褛的衣衫像破碎的云霞
我看见空中的虹桥
而不能跨越,在桥下匍匐前行
我也常常忘了
或许,只要你还在那头
河水就不可能不流

11. 沉香木

会发生什么?早霞和晚霞
看起来绝不相似
一种沉香在周围弥漫
沉香木,沉得像黑夜的脊梁
如此冷清与寂寥,这样守护
脸贴在沉香木上有下沉之痛
一种永远不变的表情
有人试图在木上刻字
木挣扎了几下
发出暗暗的吼声

12. 额头上的雪

你知道你要去哪里吗?

你确定知道？

这样走着走着，就能到终点了？

终点是童话，神话，还是一个长长的笑话？

谁看见过老了的普罗米修斯？

比时间更能抵抗衰老的，是死亡吗？

你能窥察那些秘密？

额头上的雪，是否落了地？

13. 收拢翅膀的鹰

在天空和大地之间

用绝望与虚妄营造一处地址

现在，像沙粒一样被风吹走了

白色的细沙，海浪比天空显得更加慈悲

一次次咏叹，一次次叹息

高高的尘埃，高高的帆影

收拢翅膀的鹰，一动不动

悬崖之下，巨浪穿空

14. 西方的壮阔

我已不能轻松地呼出四个字

而四季照样交替

秋天这样酣畅地下雨是为了什么

"秋水时至，百川灌河。两岸之间，不辨牛马"
我看不见道路和行人，只有雨帘外灰色长空
牛马哪里去了？庄稼地嘶嘶吸水
收获之后，需要水来滋养厚土
度过漫长而寂寥的秋冬
水是为冰冻准备的，冻土将在深夜嘎嘎作响
不比一个人的骨骼更坚硬
我听见破碎，也听见愈合
脉脉含情，一头黄花牛望着荒地
在每一个季节，守护大地的
是哪一方的神灵？
"夫秋，刑官也，于时为阴"
"商声主西方之音"
秋天是西方之神，日落之神
肃杀之气横卧疆场
这是百花盛开过的地方
头盖骨的白衬托秋气的青
这是西方的壮阔啊，举止如惊

15. 细数辰光

半间屋子，半盏烛火
身子一半冰冷，寒意透过床铺
灵魂一半在体内，一半到空中

若是再冷一点,就会飘出门外
若是再暖一点,就能全数回归
心脏里一个小纸人
在秋风中晃
难怪阳台窗子咚咚窃响
秋风上下升降,有点迫不及待
宜温酒,偎炉,细数辰光

2018.9.1-10 于呼和浩特草原部落

随你归去

谁能挽住我心中波澜
鄂尔多斯高原红砂岩顶,四周飓风雷鸣
蓝天展示假象的宁静,唯我能听懂
经幡,那展开又合拢的悲壮与深情

刻在阿尔寨石窟壁画间庄严的兵阵
沐浴着成吉思汗的亲点
坐在石窟地上打坐的喇嘛
摇着历尽风霜的经筒

我就站在这一切之上　之中
寺院坍塌,地基矮矮地凸出岩峰
岩石山上的岩石,以石棱磨砺风
寒冷一刹那袭来,盛夏六月
草原和沙漠交界处的山顶
谁的宝剑凌厉扫过红色天空

一页一页的红岩,一层一层地累积
一座又一座石窟,在岩石内部壁立
贴着剥蚀怪异的岩层自问

盘坐的佛陀不是我
香炉前的经文里没有我
壁画上交叠裸露的时代里
走过我

我的新郎,在地壳运动中高立红砂岩山顶
随着剧烈的沉浮发出通天的祝颂:
天地鸿冥我们将再生
众生万化我将独立此峰

那个月亮隐匿海底哭泣哀嚎的夜晚
我被海水的漩涡卷入地底
我蜷伏如婴儿如赤子终于身化齑粉
亿万年后我长出地表聚合化生
草原上的大蓟草刺破我血色的脸
紫色菊花一般的花刺又一瞬间抚平伤口
万里沙海苍茫,谁都不识我前世的面容

直到这重逢的红砂岩之顶
日夜呼啸的天上的风
带着新郎的呼吸,勇士永恒的青春的气息
拂过我的耳边我的胸口
贴着岩石的褶皱敲打我的趾骨

远行的蛇群将于冬季归来
这是盘踞勇士的山峰
蛇群将守护寒冷和冰雪
下雪的时候来看雪吧
散落在草原上的蛇群首领猛然间昂首
张开蓝色的嘴对我说

只有你与我邀约
在经幢上摇曳如群蛇之芯
我闭上眼睛
感受你跨越亿万年的吻
阻挡世间所有石头的黑

留下红砂岩的寂寞把我们拥抱
在子夜燃烧取暖
吸取阿尔寨石窟的光芒
守护草原的记忆高地
到山崩地裂大海未沉之际
我在飓风中隐身红色岩层

随你归去

2017.8.12 于呼和浩特草原部落

第五辑
马头琴的嘶鸣

当一根荒草返青
无数草轻轻颤动
指在弦上，声出歌喉，白马御风

金 泉

一匹白马傲立草原
对着风啸鸣
在马群里独一无二
奔跑时更加英姿勃勃
云霞围绕着它
草原是它的故乡,生死场
高高地,蜿蜒地,一匹白马奔跑的轮廓
像一条银色河流,闪耀着月光
有什么,和白马相匹配
只有乌云姑娘的长调
随白马的脊背起伏
马鬃是歌声传扬的方向
马头是高处的激越
马蹄是颤音的辽远
局外人,融不进白马的忧伤
淡出时间,火烧云的夏日和白雪覆盖的冬日
一样高贵地独立
当一根荒草返青
无数草轻轻颤动

指在弦上,声出歌喉,白马御风
如此宁静

2019.4.6 于呼和浩特草原部落

带不走的花斑马

——消失在草原上的女人之歌

把白色的花斑马送给你
知道你带不走
在草原上帮你养着
带不走的还有草原上的女人
离开草原就枯萎

把花斑马送给你
送给你的是不是爱
知道你带不走
在草原上挥洒开
金灿烂的莲花连成海

当你再回来
深深的思念已贮满心怀
蒙古语可以翻译成你的母语
爱却永远无法翻译

当你再回来
长长的等待已随花开

照片摆在蒙古包里
我已消散在无影无形的风里

      2012.12.23 于青城桥上楼

宇宙之上

——题哈塔斤·哈斯乌拉油画《希图根》

希图根，细高的一根最上方
展翅翱翔雄视万物
我的双眼陷进图腾柱顶端
和鹰对视，对视着翱翔

色彩深沉，深沉冬日那落光树叶的树
向上，一只手臂擎起，岔开多指
咖啡色的，孩子说，咖啡冒着热气
砖茶，泡完后的枯叶
复活后又凋零
又重生，插进大地，伸向长空

一条黄皮肤的细长蛇从鼻孔穿过
从大地延伸到大地
我是它的头颅
忽然翘起，昂首望你

图腾柱上的鹰
吃掉黑夜的腐骨

在梦边,在神边
吐出升腾的白汽
挂上太阳
宇宙之上

2013.12.15 于青城丁香苑

红格尔珠拉

——题哈塔斤·哈斯乌拉油画

用什么方式盛开
从哪里升上长生天
如何穿过黑夜
猫头鹰的双眼
在马头上照亮

擎起手中的圣灯珠拉
跨马扬鞭侧身反向
向大地俯身
到你看不见我

长出刺,脱掉最后一片枯萎的叶
灰色,尘沙遮盖粗粝的秆
高高地撑起来,高出沙漠
高出马头
你凸显阔大的双眼

就这样盛开
红格尔珠拉——沙漠玫瑰

粉红花瓣包裹细密花蕊
慢慢打开，舒展
一件新娘的蒙古袍
轻轻刺绣
绣出我晶莹欲滴
淡淡的花，薄薄的瓣

       2013.12.15 于青城丁香苑

神　骏
——题兴安勾线唐马

没有一个字
没有色彩
退，退，退
轻轻的马蹄

从云中飞下来
雪落纸上
从风中跳出来
弦依着弓

笔比琴还细
你的眉骨、脊线
后腿的肌理

了然于心

2018.1.17 写于呼和浩特草原部落

遥远的敖特尔
——听马头琴大师李波名曲

只为这短短的一刻
不在你身边
我落下泪来

马头琴在那端嘶哑地唱
横渡你幼年的草原
那条被别家兄弟暗杀的大黄狗
隐匿的童年和青年的河流
风中洁白遥远的敖特尔

时光把你带来
蓬勃的芨芨草,高过头的芦苇荡
我钻进你的丛林
与野兽一起奔窜浪荡
挂在丛林边的套马杆
指示归去的方向

如此短暂,只有这一刻
不在你身旁

遥远的敖特尔
阻隔无穷尽的蛮荒

众人呐喊取暖依靠
你我执两端相望

隔着滔滔河水
在两岸，平行向前
新绿的春柳
拂上敖特尔绳索

碎在半空的云朵
砸痛大地的思念

2015.1.11 于青城丁香苑

弯弓在弦

弯弓射箭在梦中草原
劲风贴地,草秆摇颤
嘶哑苍凉的马头琴音
醉酒师傅苍茫中对话苍天

遥远的敖特尔
两根丝丝缕缕的琴弦
波涛涌动在都市舞台
清凉的杭盖,查尔达斯的柔弦
游子如赤子,身着蓝色蒙古袍
流浪在西方和东方

灵魂玫瑰绽放在夜晚星空
你手心有魔鬼和精灵推波助澜
苏醒的水仙,撼动山的坚硬
大海为你止步
绕指缠绵、回旋
捧出心灵撞击后滚烫的熔岩

从指尖到琴弦

一个灵魂诉说草原的眷恋
我被你烧痛，半生走遍世界
一把马头琴的歌声
肺腑凝练四方风情，今夜
回抱阴山脚下青城月光
衷肠尽诉，弯弓在弦

倾听一次，阅你三生心路
弓弦一击，触动万物轮回

2015.12.22 于呼和浩特草原部落

阿尔泰山

——题兴安画马

湿漉漉地　冬天的草茬
沉睡了　山的鬓角
包裹起　蒙古马的刀锉骨骼
与隐秘的鄂毕河相通
在冰川下映照第三只眼
我抚摸你
眉骨上的霜
每一根冰凌都有一座山脊
我在你脚下
低下头
和你一起听——
阿尔泰山
那边起风

2018.12.24 于呼和浩特草原部落

乌云姑娘的长调

巴彦查干草原
乌云姑娘的长调在盘旋

从巴彦查干草原
到巍巍大阴山,科尔沁
英雄哈撒儿的魂魄
缓缓长长地,游荡在
东河畔。所有的车辆都变成
慢动作,小黑马阿尔斯楞呆呆地
抚摸来自草原原乡
那歌声的绸缎

小黑马,小黑马,爱情的小黑马
在后视镜里慢慢老去
双眉结霜,爱情晚年的模样
蓝色蒙古高原炙热的阳光
化作春风迤飐,枣红马奔跑在金泉边
白珍珠般的泉水
一条圣洁的哈达

世界在身旁飞速运行
每个人都有自己的归途
城市里的游牧人
坐在马背上酣睡
白云轻拥着山丘
一个人,一匹马
耳朵里的忧伤
飞向四面八方

活在乌云姑娘的长调
多么任性的一天
时间沉静,空间悠远
在歌声里轻轻祝颂:

巴彦查干草原,巴彦查干草原
披着落日余晖
回望阴山,巴彦查干草原
巴彦查干草原
威风矫健的红马,奔驰在北方天边

2019.3.19 于呼和浩特草原部落

慢草原

——歌王哈扎布的草原

从远方看
穹苍之下
线上的草原

蒙古包
母亲走出来
小羊身上沾了别的气味
母羊不认它了
母亲唱起劝奶歌
小羊拱着母亲吃奶

唱歌它能听懂吗
能，万物有灵

天很远
地平线很近
躺下，抬起手来
能够着天

一个人一匹马
从线的这一端
跑到那一端
从线上
跑到线下
从草原
跑进草原

马背上下来
坐在敖包旁
漫长的长调
在线上蜿蜒

从马背
跑进花的原野
漫长地歌唱
跑进老年

雪花开了
又一个冬天
缓缓地开始
沉睡在冬天
心越走越慢
走向草原

2012.8.10 于青城小屋

菊花醉

谁在虚空中歌唱,狼毫高耸
一朵开放的墨菊
行走在群山之上

两轮辉映的月光
醉入黄河九曲
十八弯深深浪底

神龙见首不见尾
一把水中的玉剑
醉意深重,滑进墨香飞逸的国度

窗外月正圆,正亮
谁在为谁心碎
谁在为谁回眸

笔底秋藤里抽丝
谁成为风中的金菊
谁把墨菊的血滴尽

今夜，你驱遣狼毫
菊——花——醉
密不透风，疏可走马
花未醉人，人为花醉
一匹黑色的墨马
腾跃如飞

漫山遍野之菊盛绽
八方之宾群起惊喝
酒尽菊花杯
阴山之雪纷纷飘落
黑河之马呼啸而来

爱恋飞升，一朵神菊在莲花金座
听飞天清唱

你转身而去
地崩海啸，冰冷截断
卧在阴山古石
与千年松柏一起苍老

遁入峡谷深处
一颗心沉醉

2013.9.26 于青城丁香苑

裸露纯粹的神圣
——题侯明油画《秋日草原》

叶落繁茂,白桦林
亭亭玉立在秋日草原
裸露纯粹的神圣
"让自己纳入到自然的秩序中"
洁白的光迎风绽放
摇着青春与衰朽在空旷的山间对话

你赤裸的华美身姿
抵挡不住的诱惑
我在仰望中呢喃
走进胜似珠帘的密林
跌入重重碧水深潭
目光不能回旋

向远方,向远方
从湖泊的湛蓝走向苍天的蔚蓝
站在山巅
回望天边大地
一片金黄

2015.9.30 于满洲里学院何夕楼

废墟上的庄园

这是晋代的废墟
一幅仕女图,色彩尤为鲜妍
一手托腮
斜靠在美人榻上
晋代衣冠,衣上流彩

旁有才子题诗
相见,相爱,分离,痛心
才子的幽灵,在现代都市空楼里
飘荡

墨洒了半瓶,在废弃的宣纸里浸染
晒干的墨香
废墟上的花
娇媚的梅

书卷上尘埃已满
画笔清丽依旧
慕名而来的女子
握才子的手拍照

在手中
听到呼唤
才抬起头,透过镜片边缘
一双青白眼
看得清,看不见

2012.7.18 于青城小屋

长鬃掠过风蚀岩画

——题宝音的马摄影

1. 天堂一角

这是天堂一角
醉在你身旁

敖包山在河对岸
徜徉黄昏草地
天边的云霞
照出我红晕浮动的脸庞

縠纹舒展河面
露的气息
你的气息

2. 牧神

你回头站定
马桩沉默
长鬃掠过风蚀岩画

一半阳光
分明白色蒙古包和金色高山
你从云朵里捧出蓝天
赠予我

羊羔跑向草原
这扇游牧之门
为你开启

3. 追风滴露

阿巴嘎黑马
长发把草原风拴住
灵魂深处
一滴照耀宇宙的露

驰入风的隧道
一抹鸿影
时间迅疾之剑
在露光里峥嵘

套住天空
打不破你的沉静

4. 根

水流出心田
你在此岸寻觅
湿地之根

门鬃遮住秀美的脸
尾鬃盛装舞步
小马驹听见了天神的召唤

四蹄踏碎涟漪
你看见我了吗
在林立的草影中惊醒

5. 流年

夕阳穿越时空
马背上的曲线连接云天
那时，我步履矫健
一轮红日分割蔚蓝

如今，我步履蹒跚
走近这等待岁月的勒勒车
长长的马尾开花

散落不灭的流年

6．轮回

蹚过来世的波澜
还能不能遇见你

天冰地雪
相对轻摇长尾
耳立低语

万籁俱寂
一叶雪舟遥逝

7．勒勒

跃过茫茫雪地
颈下闪现刺目的风霜

站着入睡
冬草被车轮压碎
桦树卷成枢辋
系住曾经走过的远方

睡梦中战鼓敲响
从山林回归大野

2014.5.6-8 于青城丁香苑

一只白鹿的骨架

——题俄罗斯油画

我的紫红树皮已脱落大半
向阳的一半几乎褪白
在小镇之外
远望那片细弱的树林
听教堂尖顶上的钟声
年轮藏在树干里
数不清
深秋,树叶落到最后
剩下的这些残叶,也数不清
风总是顽固地吹来
我伸手环抱这些枯叶
希望能有几片留下来陪我过冬
三十年前那群经常跑来的孩子
这些年很少见
他们的孩子还有几个常来
我站在岔路上
一条进入小镇,一条通往群山
我经常从后背感受到山气
清冷静穆

我看小镇的时间越来越短

看山的时间越来越长

深秋

一览无余

绵延的山脉像去掉血肉的骨架

一只沉睡的白鹿

2013.5.19 于青城丁香苑

你双眼的星光

——致画家海日汗

1

鹰隼一样攫住旷野的腹侧
你双眼的星光在大地上飘雪或者飞雨
一阵无名的微风,颤抖高大紫色的蒲公英
我以为你们早就相识,心灵深处搏斗
我试着躺在你的星光,献祭的羔羊
融化眼睑里的冰

2

没有女人,只有地母
永恒的地母把你的心火点燃
照亮那从未有人跨越的领域
横亘在时空边缘,敲空中的铜鼓
从科尔沁到大阴山,自然之子
我目睹你充盈干涸的河道
千里盘曲,错落山地延伸你根系的痴情
灵光中一片白色空寂

七色神鹰从长生天俯冲而下
捧起你婴儿的赤身
比抚摸更柔软，比呼吸更均匀

3

半僧半人，你的星光照耀分裂的合体
一边是慈悲一边是放纵，天堂的柔光
注入罪恶娼妓的河流
我伸手把你扯开，一张纸做的灵魂
墨为骨血，色为翅翼，水为精神
张狂至极，无人的高处呢喃轻歌痛饮
酒醉在星光的无垠和雨水的倾注里
我拾起你的碎片，剪辑成宇宙
高悬在星光中
谁在酣眠

2016.8.30 于呼和浩特草原部落

第六辑 寓言像一匹野马

野马只掳获那个去流浪的人

野马是命运的疆域

赶霜降

寓言像一匹野马
"再见,在而不见"
阴山背面的绿草地
向零点起飞

往北,鹅毛被凝结,高悬夜空
往南,甲板荒芜谁的宿命

起飞的途中芦苇在荡
南方常绿的湖边,童年莫名的笑
消失在水底漩涡
一把短柄铁锹铲开板结的土
能不能安静地,收回你

恍惚中失重带来的恐慌贴住肩膀
张开翅膀把你拥住
在云端,在暴雨,在子夜以后
翅膀张开拥住了谁
站立成一根竹竿
自己撑着自己的竹竿入睡

滚落在草地上像一粒盐
落进京城不再融化
蜷曲的婴儿打响呼噜
在野马的鼻子上结霜
数着四蹄奔跑的竹竿

抵达，湿了双眼
飞到正午，把身体晒干

     2017.10.23 于北京鲁迅文学院

背光的雪山

黑夜掏空大地，河流失去意义
只在你的成长里哺乳
丰乳渐渐干瘪，母亲的素颜如背光的雪山
缓缓起伏，乳峰的高度等你攀爬
积蓄毕生之力，吸纳生命之元

戈壁般焦黄的冬天草原
头顶长出巨型牛角
婴儿爬行其上，天使般的笑靥

十六的月亮，重生黑夜之光
照出母亲的脊背
暗黑的身影，米黄的纸月亮
逝去千年的骷髅
在冬天草原，荒凉的戈壁之海
跳上萨满银盘

2015.10.28 阴历十六圆月下，
海拉尔至满洲里列车上

人面双鱼彩陶

变小,一条柔软的金鲤鱼
钻进我的视线

不停地游
湖水荡漾涟漪
挑动我的细长眼角
长出双翼
飞向水雾碧空

我也是一条鱼
抱住你
跳跃,翱翔
首尾相抵
共舞一片云海
拴住你
比湖水更湿滑
拴你在潮起的浪里

远离的这些日子
你长出了金鱼鳞

这么细腻这么完美
我一片一片数
一片一片摸
从手到眼
生出游渡沧海的魔力

鳞片下消瘦了的肌肤
消瘦我的心
这一次，你莫再游离
把鳞的光滑收起
乖乖，贴紧我
贴紧涩而温的人面双鱼彩陶壁

2013.10.31 于青城丁香苑

无人仰望的天空

血液凝结,此时你不要靠近我
笼中兽要出行,空中焰火将熄

捧起生命的泥
碾碎的一颗颗晶莹心事
化成灰烬,贴着草根生长

寒气凝固,元旦钟声敲打
一支离弦之箭穿透寒夜
河流暗地震颤,冬牧场默然荒芜

小兽们拍手欢腾,星光流散
没有回声突围
衰老的黄狸踱着方步

这是谁的领地,大地冻实
无人仰望的天空,独自高悬

2016.1.1 新作开元,于呼和浩特草原部落

暮色·背影

暮色里的背影
一片一片天鹅羽毛
鳞次叠现在海蓝天幕
夏至，日暮
白昼阑珊将尽

那年冬至夜
滔滔黄河北岸
你在河卵石上孤独站立
鹰眼如箭射穿弓桥
白雪皑皑的祁连山
你挥动雪橇俯冲滑翔而下
从冬滑到夏

到千里之外的敕勒川
一团耀眼天火
点亮蒙古包上无边的穹苍
蓝色蒙古高原，云河浩荡
在燃烧的地平线上缓缓升腾

一个打马远行久不归的蒙古人
暮色里的背影无限延长
夏至，仰望
长调里游牧的苍凉

2014.6.22 于青城丁香苑

"原本山川,极命草木"

说不出来的,变成铁
一个人背过身去,敲、敲、敲
敲出的声音,全世界都听不到
躲在窗帘后,穿不过玻璃
在离家出走的路上
新生活会从坟地的树林里长出来吗
一切都是真的,死、错过、冰冷
没有告别的告别,云不见踪影
风和着眼泪,吹得脸掉皮,全身蜕皮
一条赤裸的低温的草游蛇
草间便是故乡,蛇像蛇一样活着
说不出来的,不说,背过身去
背影生硬、陌生、紧紧闭合
这个天空,不再是初见的样子
"原本山川,极命草木"
这是谁曾经来过的大地

2017.12.10 于北京鲁迅文学院

空心蛇

我在空中
几十条铁轨从身下穿过大地

一条潜伏的铁皮蛇
突然蹿出,绿眼睛,盯着我
弯曲,转向,尾巴摇摆
呼啸奔去

灰色旋风猛然卷起
伸进窗口,掏空我
地铁站上空唯一的夜

我俯视交错的铁轨
两只眼睛分别挂在两条交会的蛇身
一次相对
永远分离

最后一班地铁嘶鸣而来
从头到脚横穿肉身

我躺在铁轨上，入梦
变成一条空心蛇
向两个永远相反的方向
无限延伸

2013.11.18-20 于上海地铁站旁莫泰酒店

拒马河上

黄昏斩断高入碧天的山崖
如此劈面而立,是要说些什么

今夜,我掬起一捧激流河水
险滩密布,命运载舟
野马群撩尘而过,再不回头
只有你清亮的眼神挂在船尾
覆没水中层峦叠嶂

我一度错解你的温柔
峡谷通天避日,白马鸣咽
北疆咽喉要塞
扼制想象,一线打不开的天堂草

隔空抚摸的罪与罚
在你崚嶒背脊上顺水漂游
或许只是开头
激流把我带走

你咀嚼草叶的泥浆
咀嚼着一条抗拒奔马的河流

2016.3.26 于呼和浩特草原部落

我和骆驼

我突然不敢往远看
火车窗玻璃上寒气刺破眉心
月亮像一缕孤魂被东北大地翻腾的夜雾捕捉
肠胃一阵拧痛,虚弱地在空中抽搐
我们将去何方

寒冷比大象皮还坚硬
庞大的地球表层,奔驰到掉下去的边缘
一声巨响火车断裂伸向宇宙
然后落空,完整地
飘向宇宙,一阵无法忍受的剧痛后
飞行的恍惚

一棵成熟的玉米跑过来摔打我的脸
枯萎的叶子像老人的手指,刮着皮肤
形若枯木的张开的五指
我呆若木鸡,这片刻的荒芜
我被空中的月光劈成两半
一半向前,一半向后
一半被光刷白,一半被夜拽黑

站在中间,上升
无穷的黑夜从太空捧出一颗头颅
会唱歌的头颅,耐饥渴的骆驼的头颅
骆驼头突然冲破了火车的玻璃窗
长啸一声伸出去,鼻孔喷着奔跑的白气
这一列奔驰不休的火车
将把我和骆驼
带到哪里

2017.10.14 于北京到呼和浩特的火车上

马蹄停驻之处

黄河边,长城从村子后背穿过
断臂一样的土山,河泥夯就故城残壁
墙上坑坑洼洼写下:
弓箭无法射穿的边界
马蹄停驻之处

在土坯房后立着饱经风霜的古树
穿黑皮袄的老人靠着南墙根晒太阳

千年前的秋季
燕国败军之将逃到这里,鲜血滴进黄河
将军印玺埋进土中
随之埋葬的还有一枚梵文簪

十年前的盛夏
赵国女子来到黄河边
在泥土中捡起这枚金簪,戴在发髻上
模糊了燕妃和赵姬的界限

赤脚粘的泥土

在冰面上的夕阳里炙烤
鹳鸟在天边唱起歌
树仿佛顷刻泛绿，伏在夕阳胸前
不能弹破梅花般的红晕
淡淡的温暖从西天飞越
明亮的冰河向东南无限延展

河水退去，河堤长成小山
山脚下的窑洞已坍圮
湾里架起层层叠叠的葡萄架

河水何时回到千年前的堤坝，夕阳西下
一切都将清洗归于泥土
一切都将遗忘开始新生

醉酒后向山下滑翔
浓浓血色唤醒流逝的英魂，黄河底
冰凌和千年入海的水一同复活
冰面上水舞银蛇

2013.2.24 上元，托克托黄河河口

风中的云鸟

退回到边界线以内,在这边
流浪,颠簸的草原客车,像起伏的马背
我在进行一场生死旅行
与魂飞天外的你告别
是该与你的肉体,还是灵魂告别
我行走在路上,在草原上
你能看见,天空渺远而切近
收割后的草场像生育过的妇人
我是传说中的吉卜赛人
在下雪之前,想和你一起驱散寒冷和黑暗
独居的朝西的窗户里,转身就能看见你
那些因为你流的泪还在沙发上东倒西歪
我没有勇气去送你,像是送自己
我在注定遇不到你的草原路上
山顶的羊群像星星一样在日光里泛白
包着头巾的牧羊女,眼神比月亮更坚韧
我被疲惫的马儿驮到达赉湖边
这草原一隅的大海,无限地澎湃
从深处涌出寂静的波澜
听不见空中的云鸟说话

聚而又散,云鸟的脸
仰望着风中的云鸟,双手合十
那是最后一刻俯视人间的你
我曾日夜相伴过
在这一刻,留下容我终生解读的
五字真言

2018.9.7 于呼和浩特草原部落

我知道你们都将回来

我知道你们都将回来
回来的时候带回我
放在向阳的敖包山前
植一棵柳树,红柳
经过的时候,羞红天边

我知道你们都将回来
我在大荒深处沉睡直到被你们唤醒
一条唱歌的鱼,游出母亲的河
和草原的寒冰
一个婴儿在我怀中,慢慢长成

我知道你们都将回来
静静地等
守着一根草的命

2016.12.28 于呼和浩特

漂泊在壮美的草原

一夜风雪
深绿变成洁白
灌木绯红如夺目的夕阳

远山一片青苍
空中云带翻涌
紫色山岚冲散灰色的雾
绿灌木在霜雪中挺立
像少年长出的第一缕胡须

我再也回不了故乡
灵魂漂泊在这壮美的草原上
一片薄云就能覆盖我的尸身
在群山顶上风葬

2013.2.9 于青城桥上楼

生命史册

放逐我的神马
于草原辽阔的天空下
仰视苍穹
神马的羽翼掠过胸前
邂逅相遇的目光
在暮色中轻扬

这是我的白草
夏天为你疯长
冬季为你风干
细密而柔嫩的草枝
随湖面的风
婉转

天地之间
泥土的清香弥漫
你坚实的脚步
使人生成为永恒的历史
风过无痕
覆尸骨于茫茫雪原

此刻
守护的牧人已走远

2009.12.17 于青城望兴园

神马·红云

1

神马复现于梦中
依旧当年骏爽
驰骋无疆

在这短暂的人间
一次真正纯粹的诗意的飞翔
在梦中神马的马背上
以笔为缰
以万里星空为路
以宇宙的远古和未来为故乡

我们是独行的孤客
在奔向故园的旅途
心怀坦荡

2

红云散而复聚

日日日暮
你绚丽的神采如风如雾

谁为祈灵兮
我愿守候于朝花夕露
当寒风袭来
借你的返照点染最后的留白

一抹苍黄
是秋意之肃杀
一线嫣红
是生气之抟聚

2009.10.12 于青城望兴园

我是我的船舱

没有比这暖阳更平静的秋日了
拜每一尊佛像
聚集而来的佛的脸、眼睛、唇线
最初的色彩,低眉或者俯视、平视
众生,这众生,包括我
我低头膜拜,双膝、额头着地
向上的手心、脚心、心脏——五心朝天
"明心见性",在很遥远的地方
此时,跪在佛前
我是我的大海
我是我的船舱

2018.9.10 于呼和浩特草原部落

飞 马

1

我不是马,我是黑马
驰过飞翔的机翼
你的尾线,空中银白的烟

我落在地上
你在身后,或近或远
走不出你的视线

2

触须张开
今夜,我是一条游回淡水湖的大马哈鱼
童年邂逅

语言行驶
毛孔在跳
风穿过长发森林

一队追随而来的大马哈鱼
一群兴致勃勃的水禽

3

从无人区步行穿越
紫红棉靴发出咯吱声
无人的高楼
层叠黑漆的水泥空洞

下一步进城
上桥,白哈达扬起
一匹白马进城
无人相送
无人欢迎

4

你在哪里,这么凛冽的风
风把耳朵吹走了
吹走你的激越脚步

踮起脚跟,像天鹅一样
无论黑或白,姿态高挑

追风的鹅步,追风的柏油路

5

夜黑了,刹车的摩擦声透过脚背
飞马四蹄着地
滑出长长的草痕

把星星叫醒吧
弯弯月牙明亮
围旋转的飞马跳舞
你手心的舞蹈
我掌心的温度

6

灯灭了
黑使黑夜沉醉

我停步四顾
这旷野
远光忽近

2014.3.5 于青城丁香苑

大黑河

梦沿着梦的河道
流进青色的城
万物生

酉时,黑暗降临
黑色蝙蝠,垂天的羽翼
在深水中扇动

贴地低飞
茫茫草地里奔来黝黑
席卷了所有流放的诅咒和哭号
淹没战场上的白骨和鲜血
野马和战马交锋
万牛在水底奔腾

我从不认为你已经消逝
你潜伏于地底
在大山底部沉睡
草木干枯,欲望荒芜
狂妄和悖逆的时间停步

成群的乌鸦和喜鹊交配
黑蛇和白蛇游斗

我是萨满神
在阴山顶上
一场又一场雪新旧交替
辰龙之末，巳蛇未临
我是雪山之神
揉碎春雪祭奠酷寒之冬
升腾的山气奔突
我抚摸它
使它宁静化入山体
梦交汇着梦

直到黑龙复现
黑色的花娇如人面
黑鱼游过倏忽不见
血在花瓣上滴
黑龙从花丛跃起
吸取一万朵人面鲜花的精髓
百草长成黑鳞
覆盖血的面目

白云从山体内出生

每一块山石都是云根
在我脚下氤氲
一群洁白的婴儿
柔嫩的手臂挠我的心经
水从天上来
婴儿的手臂化为白藕
在天河化生

历九道轮回
脱去赤子的面目
百万婴儿的精气汇入
千万只白藕滋养
万万次吸干阴山的乳
你化身成龙
一条圣洁的白龙
从盛夏潜进深冬
寒夜的黑遮不住你的鳞光
月光抱着你，升华

这一夜千年前就已注定
狼群复现在阴山之顶
天上的蝴蝶成群地飞
乌鸦和喜鹊不分彼此
唱着萨满的咒语

敲击大地的鼓
遮盖一切沉睡的生灵

这一夜千年前就已注定
白龙又一次遇到黑龙
潜伏的黑龙复现
黑色水波滔天
巨大的浪冲击白龙的飞翼
黑龙伸出巨大的掌
代替我，抚摸白龙的心脏

白龙冲天而起
思念还以仇恨
欲望还以郁结
洁白温润的手掌已经不能安抚魂魄
天上的云跟着我歌唱并且祈祷
雷声轰鸣
震动冬天腹地

十万只蝙蝠为黑龙助阵
你为何要借助这灵异的妖
难道你已不是龙
不是生生死死轮回的龙
色彩不是你的本质

龙才是你流过大地的根本

阴山大雪覆盖下的百草燃烧
金色火光融化千年积雪
雪助火势雪借着火飞舞
每一根干枯的白草都复活
每一棵沉睡的树都苏醒
最后的狂欢
神灵升到空中
通天的红光
与天边的少阳呼应

我脱去一身雪衣
穿上黑白相间的萨满神袍
向四方空中祷告
一场前所未有的战争
黑白争斗黑白交合重生

黑河蔓延到阴山脚下
淹没青色的城
所有的建筑和灯光都在黑暗里回炉
黑龙借着轰鸣的雷电
听见白龙的战鼓
黑龙头颅高昂

抛弃潜伏的土地
冲向空虚的山气

子时已过
少阳上升
在山为白
落地为黑

我被空中降落的金色铁杵击中
我已无力高歌
卧在黑白交战的龙体上
勒紧它们的肌肤直至骨髓
天地合气
人类降生
我呼出体内最后一口阳气
助虚弱的少阳一臂之力
黑白从体内升起到空中
向四方弥散

少阳从懵懂中伸开手臂
它是婴儿
它是河的神光
是山的元气
是太阳的精华

它是你，是我
是龙，是神
它是宇宙第一缕光

它是蒙古高原一匹新生的小青马
屹立在大黑河之北，大阴山之巅
它背负着化生的记忆
自由地奔向敕勒川
它坚忍、俊秀
它是神马降落人间

卯时已至
潋滟河水浮动青城
情人们携手飞驰
黄土在他们脚下夯实
光芒埋进土中
吸进大地的肉身
深夜来临我伸手抚摸你们
像当初山间的白龙和地底的黑龙
我轻轻祝颂：
梦沿着梦的河道
大黑河流进青城

2013.1.7 于青城桥上楼

野马是命运的疆域

1

落在草原上,感觉到真正的"归来"。

乌云的长调,在科尔沁草原上飘,如一条洁白的哈达,绵长,柔软,折叠,铺展……

谁能读懂长调的忧伤?看到草原的远方?书写草原的时间?

长调,是草原蓝天白云下澄澈心魂的灵歌。

长调,是来自遥远时间和辽阔空间的文化记忆。

长调,是一个诗人大梦百年的魂路经。

2

我在探寻一条可能的回乡的路。

此心安处是吾乡。草原拓展了我的故乡。

一种空旷和荒芜的气质,弥漫在白天与黑夜。除了流浪,还有什么姿态更适合一个诗人?

喜鹊的尾巴长长的,乌鸦阵全然黑乌,草原百灵穿行在起伏的西拉木伦河边。

耳朵和眼睛全部收回,在老柳树林,成为赤子,成为土地和天空的游魂。

"我也是高原的孩子啊,心里有一首歌……"

3

我的城建在无边无际的荒原。

城墙边的草超过了我的身高,埋没其中,我是苏醒过来的哈撒儿王府的歌手。

呼伦贝尔草原的风如此猛烈,像英雄的骏马掠过胸膛,一阵又一阵大地鼓荡。一直迎风走下去,走向祖先高高在上的天堂。

黑山头的百姓宁静地像一排雁阵。我是他们干草垛上的一棵白草。偎依着木篱笆的温暖,度过整个冬天。

我的城建在无边无际的荒原。

4

爱是一场大梦,与长调一样长,与诗行一起生。
诗是爱的灰烬,爱的光焰,爱的迷狂。
诗是爱的余味,爱的祭奠,爱的结晶。
诗是爱的伴侣,爱的烈酒,爱的长歌。
诗,证明我们曾经活过,我们是活过的过客。
我们两手空空,我们被爱和诗言说,我们是漫长的空旷。在生命的大地上,抱着爱情,直面苍凉。青城之恋,草原之恋,骏马与荒原之恋。
爱人的神箭,早已凝结在当途。永远停伫于半空，每一个路过的人，都将领会被射穿的宿命。

5

"我有一群蒙古野马。"

这是只有诗里才敢说的大话。

我的蒙古马，在草原深处野放。野马西风的咒语是一匹马的荣光。它们成群结队，在我身边飞奔而去。我只看到它们的影子，来自长生天的神骏。仰望你，获得第三只眼睛。

野马只掳获那个去流浪的人。

野马和缰绳，是套马杆毕生追求的极致。

野马是命运的疆域。

6

在雪原，在草原，在戈壁。

在深冬，在盛夏，在金秋，在早春。

多年前仰望雪山凛然而生的内心的恐怖，如今开作冰晶般的雪莲。即便在百花盛开的原野，也不会丢失独自矗立的圣洁。

阴山，黄河，敕勒川，立体坐标系，构成观看世界的支点。人是其中的一粒草籽，年年生发，年年枯萎。

四季风拉长了时空。

这样寂静，这样寂静。

2019.3.25 于呼和浩特草原部落

后记：女人和她的马

I

2015年冬天，在一座高层楼房的二楼，我看到画家乌吉斯古楞的油画。画中的女人，抱着马头。那是画家的出生地——呼伦贝尔新巴尔虎右旗的巴尔虎女人，那匹马，是巴尔虎部落的蒙古马。

女人和她的马，在下午的阳光里，被赋形，被定格。画里的女人，也是画外的我。那幅油画，不仅有蒙古族传统的影子，还有一个现代女性对世界的复杂感受，知性表达。蒙古族是马背上的民族。他们认为，蒙古马是长生天派到人间的通天之神。蒙古马来自普氏野马，野放在蒙古高原，没有失去荒野的野性，又与牧人生活息息相关，是力量、速度、自由、高贵、俊美的象征。

在草原游牧生活中，蒙古人与马互相依存。在现代城市生活中，蒙古马文化作为审美和信仰，带人类驰骋心灵的牧场。

不知什么时候，我开始以现代诗的方式，与蒙古马进行深层次的精神对话。

2

1994年我随父母从河北唐县灌城村来到呼和浩特,这座城的灰色楼房在清晨的微光里接纳了我。

2003年内蒙古大学本科毕业时,听到德德玛唱《父亲的草原母亲的河》,席慕蓉作词:

我也是高原的孩子啊 / 心里有一首歌 /
歌中有我父亲的草原 / 母亲的河

这首歌我唱了20多年了。我从走进呼和浩特的第一天开始,成为一个游子。不断唱着德德玛的歌,渐渐地,好像亲手触摸到了草原。

蒙古人在二楼平台上搭建了可容纳十几人的蒙古包。风从楼房的空隙吹过来,头顶是高原的蓝天。蒙古包里挂着各种马头琴,在少年的手上拉出骏马的嘶鸣。男主人轻轻地唱起蒙古民歌:

老哈河水潺又潺 / 岸边的骏马驮着缰 /
美丽的姑娘诺恩吉雅 / 出嫁到遥远的他乡

来自科尔沁的歌手,在城市的蒙古包里唱科尔沁民歌。她戴着贵族头饰,是城市里的波西米亚飞鸟,以不倦的歌唱代替飞翔:

飞过那眉毛般的弯月亮 / 越过那晚霞消

失的方向 / 候鸟在这草原上歌唱 / 告别了家乡要去远方

我常常哼唱德德玛的《岁月到中秋》：时光留不住风华少年，岁月沧桑才知人生路。我见到了德德玛，流着泪看她在舞台上歌唱。65岁的德德玛坚持全场"真唱"，她说：我非常感恩家乡，如果其中有一首歌假唱的话，我的感恩就有了水分。

我爱上内蒙古高原，爱上呼和浩特，我发现了一群城市里的蒙古人，在高楼大厦之间以另一种方式站立。他们有自由人格，有牧人的坚韧和倔强。

呼和浩特的风渐渐融化了乡愁，给了我第二故乡。

3

2013年和2018年夏天，我参观了鄂尔多斯鄂托克旗的那达慕大会。

在乌兰镇那达慕会场，庄严的祝颂词通天接地，开启那达慕大会的序幕。

会场开始精湛的马术表演。骑手们高高站立在马背上，一人，两人，三人。骑手躲藏在马背一侧，就像一匹无人的骏马飞驰而过。骑手在马背上俯身及地，轻松捡起地上的哈达。

赛马开始。骑手跨在马背，马蹄奔腾，尘土飞扬。整个赛马场犹如黄旋风飞舞。赛骆驼，那古老的生灵，伸长脖颈，像复活的恐龙，热气喷吐，生翅平飞。

我想起梦一样勇敢的雄狮洪格尔,他的线脸铁青马,从八万匹铁青马中跃然而出。能把星星摘下来,能把山岳驮起来,能把宇宙神游遍。脸颊从上至下有两道完整的白色纹线,眉心通鼻梁一道白色脊线,飞奔起来,如吐轻烟。

乌兰敖包山下,牧民们守着赛马和骆驼就地露宿。斜阳照亮一米多高的草地,草原生灵沐浴着温暖的光辉。这些蒙古马的祖先,曾经是蒙古人辉煌历史的精良装备,曾经是中国历史版图改写者和制造者的坐骑。

2017年端午节诗会,我认识了祝颂人——敖云达来。他是那个那达慕大会唱响祝赞词的人,是内蒙古非物质文化遗产祝赞词代表性传承人、国家级非物质文化遗产鄂尔多斯婚礼祝颂人。在响沙湾烫脚的沙粒上,他教我蒙古语——"一切从爱开始"。

敖云达来演唱的骏马赞,从草原深处,抵达长生天:"它有一身光亮的毛色/随着四季轮换/色调变得美丽壮观/这是一种神速的骏马/牧人珍惜如命的伙伴。"

4

2012年在布达拉宫廊道上,听黑牦牛毡子外呼啸的风声。打开黑毛毡探出头,风要把头吹走了。

经书有很多样子,珍贵如熊猫的贝叶经,宗教大师手抄的经书,雕版印刷的经书。而风马旗,借风诵经,是从青藏高原,到蒙古高原,随处可见的自然经书。

　　风马旗以神速的骏马为中心,四角分别是老虎、狮子、鹏鸟、鱼龙,五种动物对应金木水火土。这象征生命本源的无字经书,借风吹诵读,以骏马的神速,祈求世间一切事物,转向平和。不仅能够转变,而且转变得神速。

　　在日喀则扎什布伦寺释迦牟尼佛殿外,看藏族同胞磕长头转殿。阳光照在佛殿里,连风都过滤了。只有到处飘扬的风马旗,诵读自然元素的经书。

　　在无边的旷野,始终有迎风招展的风马旗。那是经书的一种样子,以骏马的神速,运转轮回。

5

　　2019年春天,我被歌唱家乌云的长调吸引。在黑色小汽车里,长调缓缓飞出。心跟着她,飞出了城市,飞向草原、旷野、骏马,飞向缓慢的游牧之路。

　　蒙古族音乐有特殊的节奏,和草原、马背有关。

　　长调的歌词,与马有关的占了很大比例。歌王哈扎布、拉苏荣,歌唱家乌仁娜、乌云,唱着小黄马、小黑马、烈性的小红马。长调从时间深处,唱到今天,唱到全世界。

　　马头琴,以马头引领两根弦,拨动草原的灵魂。弦声一起,草原的风,马群的奔腾、嘶鸣、呜咽,便随之而起。一个蒙古人只要一听到马头琴声,无论在世界何地，都会在心里浮现草原天堂。

我心里有一幅画面：喝醉的牧人在马背上坐着，低着头睡着了，蒙古包就在眼前，身后是草原幽蓝的夜空。在长调声里，人与马宁静地相依，那是命运的偎依。

6

发现"大野"，是从摄影师宝音的画册——《大野神灵》。书法家曹化一的行书题字，俊美洒脱。宝音称"马是我心目中永远的神灵"。他在呼伦贝尔马背上度过童年，马是他一生情愫所系。本书插图就是他的作品。我不禁追问：何谓大野？

一般指广大的原野。唐代李邕《石赋》："植杖大野，周目层岩。"苏辙《上枢密韩太尉书》："所见不过数百里之间，无高山大野可登览以自广。"现在乡村有"大野地"的说法，指那些没有开垦的野外荒地。

走到呼伦贝尔、锡林郭勒、克什克腾草原深处，走进冬天萧疏的草地，终于明白"大野"的"大"与"野"。

蒙古马在草原上野放为主。套马就是从野放的马群套回自家的马。套马的杆子马，最勇武最能配合牧马人。每一匹蒙古马，都是从野马状态被驯服，驯服之后又在草原上野放。蒙古马是在人类与荒野之间行走的生灵。它有来自大野的野性，也有与人类相依相伴的忠诚、智慧。

野马的大野，是人类寓言的生发之地，人类思想的野放之地，人类回归自然、走向自我的生命本原之地。

"走向荒野，就是走向自我。"

7

我为高明霞老师赠诗《锡林郭勒的深棕马》：你的眼睛是一座雪原博物馆里／千年贮藏的水晶。

2009年8月，高老师带我去呼伦贝尔，乘着大巴车，行走在广袤的呼伦贝尔大草原。2011年7月末，我们到锡林浩特。蒙古包外，夕阳的光斜照在草地上。对面是一匹低头吃草的蒙古马——枣红马。高老师在我身边，说：你看，这匹马长得多好看啊，它的毛色，它的肌肉，我最爱看它安静地站在草地上，无比高贵……

这本诗集最早的一首诗《生命史册》，就是2009年12月重逢老友后，以与蒙古马对话的象征手法写下。从现实中马的形象，到诗里以马写人、将人化马，一步一步拥有了蒙古马的身姿，并且以来源于蒙古人、草原、阴山的高原质地的语言，写出一本马文化专题诗集。

2018年1月初，在鲁迅文学院宿舍里，写下《我命中的枣红马》，一气呵成。内心的风暴，蒙古族史诗的叙述基调，咏叹命运的悲壮。这是一首马文化的象征之诗。这首诗照亮了我近十年的创作。2019年夏天，蒙古族朗诵艺术家苏日娜在内蒙古电视台朗诵，给枣红马插上了飞翔的翅膀。2021年美国的王屏老师翻译成英文，美国音乐家昆腾·克瑞尔坎普（Quantum Kreilkamp）谱曲并演唱，他沉静地讲述唱诵，把枣红马带入西部荒野。

二十七年时光，高原粗粝的西北风，漫长的冬天，繁茂的夏季，喂养着我的体魄、灵魂和诗意。2009年苏州大学博士毕业回到母校内蒙古大学任教。十多年时间里，我走遍了这片高原，呼吸着草原的芬芳，聆听着蒙古人的长调，吃着羊肉，喝着烈酒，高歌着草原歌曲……我的诗，如同阿巴嘎草原牧人家新酿的马奶酒一样，带着清冽、野性、腥膻、奶香，一首一首从高原的土地，从我的心底，从梦境里，生长出来。

三十而立到四十不惑，我带着一颗蒙古马的心，从蒙古高原走向西藏、青海，走向敦煌、兰州、西安、成都、北京、深圳、南京……自由与漂泊，反抗与疼痛，大漠与绿洲，城市与荒野，古典与现代，传统与分裂，青春与爱恋……这一切与自然、生命、精神相关的元素混融在诗里。而几乎每一个阶段的代表作，都与马有关。

马从蒙古高原的山丘、河流、草原，从博物馆的雕塑，从摄影师的图片，从蒙古长调民歌，从中外史诗，从古典诗词，从不同方向向我嗒嗒走来。清脆的马蹄声，成为诗的节奏。水晶一样的眼神，照进诗的灵魂。马的沉静，沉淀为诗的历史情怀和基调。

　　此刻，我就像一把马头琴，被草原上的老牧人拉出苍凉的长调。

　　眼泪落在长调的绵延和宽阔里，亲吻养育我的蒙古高原，我永远的精神天地。

2021.6.5 于南京栖霞阔云轩

图书在版编目（CIP）数据

我命中的枣红马 / 远心著. -- 北京：作家出版社，2021.8

ISBN 978-7-5212-1480-2

Ⅰ.①我… Ⅱ.①远… Ⅲ.①诗集-中国-当代 Ⅳ.①I227

中国版本图书馆 CIP 数据核字（2021）第 129269 号

我命中的枣红马

作　　者：远　心
插图摄影：宝　音
责任编辑：赵　莹
装帧设计：高　欣
出版发行：作家出版社有限公司
社　　址：北京农展馆南里 10 号　　邮　　编：100125
电话传真：86-10-65067186（发行中心及邮购部）
　　　　　86-10-65004079（总编室）
E-mail: zuojia@zuojia.net.cn
http://www.zuojiachubanshe.com
印　　刷：唐山玺诚印务有限公司
成品尺寸：152×230
字　　数：105 千
印　　张：16
版　　次：2021 年 8 月第 1 版
印　　次：2021 年 8 月第 1 次印刷
ISBN 978-7-5212-1480-2
定　　价：48.00 元

作家版图书，版权所有，侵权必究。
作家版图书，印装错误可随时退换。